양과 **강철**의 **숲**

양과
강철의
숲

羊と鋼の森
미야시타 나츠
장편소설
이숙 옮김

숲 냄새가 난다. 가을. 밤에 가까운 시간의 숲. 바람이 나무를 흔들어 나뭇잎이 비스락비스락 우는 소리를 낸다. 밤이 되기 시작한 시간의 숲 냄새.

위즈덤하우스

차례

양과 강철의 숲　007

작가의 말　273

옮긴이의 말　274

숲 냄새가 났다. 가을, 밤에 가까운 시간의 숲. 바람이 나무를 흔들어 나뭇잎이 바스락바스락 우는 소리를 냈다. 밤이 되기 시작한 시간의 숲 냄새.

문제는 이 근처에 숲 같은 게 없다는 것이다. 건조한 가을 냄새를 맡았는데, 옅은 어둠이 내려앉는 기색까지 느꼈는데, 나는 고등학교 체육관 구석에 서 있었다. 방과 후, 사람 없는 체육관에서 누군가를 안내하는 심부름을 떠맡은 일개 학생이 되어 오도카니 서 있었다.

눈앞에 크고 새까만 피아노가 있었다. 크고 새까만 피아노였을 것이다. 피아노 뚜껑은 열려 있었고 그 옆에 한 남성이 서 있었다. 아무 말도 못 하는 나를 그 사람이 힐끔 쳐다보았다. 그가 피아노

007

건반을 몇 군데 두드리자, 뚜껑이 열린 숲에서 나무들이 흔들리는 냄새가 났다. 밤이 흐르고 있었고 나는 열일곱 살이었다.

마침 교실에 남아 있었다는 이유만으로 담임선생님에게 손님을 안내해달라는 부탁을 받았다. 고등학교 2학년 2학기, 중간고사 기간이어서 부 활동도 없었다. 다른 학생들은 일찍 하교했지만 대낮부터 혼자 사는 하숙집에 돌아가기 싫었던 나는 도서실에서 자습이나 할 생각이었다.

"미안하다, 도무라."

선생님이 말했다.

"교무 회의가 있어. 네 시에 온다고 했으니까 체육관까지 안내만 해주면 된다."

알겠다고 대답했다. 평소에 부탁을 자주 받는 편이다. 부탁하기 쉬워 보여서일까, 잘 거절하지 않을 것처럼 보여서일까. 아마한가하게 보였겠지. 물론 나는 시간이 남아돌았다. 해야 할 일이 떠오르지 않았고 하고 싶은 일도 없었다. 이렇게 어영부영 고등학교를 졸업하고 어떻게든 일자리를 찾아 살아가면 된다고 생각하고 있었다.

부탁을 자주 받는 편이기는 해도 중요한 일을 부탁받은 적은 없었다. 중요한 일은 중요한 누군가가 한다. 아무래도 좋은 일을 부탁하는 것은 아무래도 좋은 인간에게다. 그날 오는 손님 역시 아무래도 좋은 손님이라고 지레짐작했다.

그러고 보니 체육관까지 안내하라는 부탁을 받았을 뿐, 어떤 손님이 오는지 듣지 못했다.

"누가 오시나요?"

교실을 나서려던 담임선생님은 나를 돌아보고 "조율사야"라고 대답했다.

조율이라는 단어가 낯설었다. 에어컨이라도 고치러 오나? 그렇다면 왜 체육관일지 궁금했지만 역시 아무래도 좋을 일이었다.

수업이 끝난 교실에서 내일 시험 과목인 역사 교과서를 읽으면서 한 시간쯤 시간을 보냈다. 네 시가 조금 못 되어서 교직원 현관 앞으로 갔을 때, 그 손님은 벌써 와 있었다. 갈색 재킷을 입고 커다란 가방을 들고, 현관 유리문 너머에서 등을 꼿꼿이 펴고 서 있었다.

"에어컨 기사님이시죠?"

안에서 문을 열며 내가 묻자, 남자가 대답했다.

"에토 악기의 이타도리라고 합니다."

악기라고? 그럼 이 연배 있는 남성은 내가 안내할 손님이 아닐지도 모른다. 담임선생님에게 이름을 들어둘 것을 그랬다.

"구보타 선생님께서 오늘 회의에 참석하신다고 들었습니다. 저는 피아노만 있으면 괜찮으니까요."

그 사람은 그렇게 말했다. 구보타는 내게 손님을 안내해달라고 부탁한 담임선생님이다.

"체육관으로 모시고 가라는 말씀을 들었는데요."

나는 손님용 갈색 슬리퍼를 놓으며 말했다.

"네, 오늘은 체육관 피아노를."

피아노를, 어떻게 하려는 것일까. 그런 의문이 생기긴 했지만 그다지 흥미를 느끼지 못했다.

"이쪽입니다."

앞장서서 걷기 시작하자 그는 바로 뒤를 따라왔다. 가방이 무거워 보였다. 피아노 앞까지 데려다주고 바로 돌아 나올 생각이었다.

그는 피아노 앞에 멈춰 서서 네모난 가방을 바닥에 놓고 내게 묵례했다. 이제 가도 괜찮다는 뜻이라고 대충 짐작했다. 나도 고개를 숙여 인사하고 발걸음을 돌렸다. 평소라면 농구부원들이나 배구부원들로 시끌시끌했을 체육관이 고요했다. 높이 난 창문으로 저녁 햇살이 비스듬히 들어왔다.

체육관과 연결된 복도로 나가려고 했을 때, 뒤에서 피아노 소리가 들렸다. 뒤를 돌아 그것을 보았기 때문에 피아노라는 것을 알았다. 그러지 않았다면 악기가 내는 소리라고 상상도 못 했을 것이다. 악기가 내는 소리라기보다 더 구체적인 형태가 있는 무언가가 내는 소리, 더없이 그리운 무언가를 표현하는 것만 같은, 정체는 잘 몰라도 무언가 아주 좋은 것. 그런 소리가 들린 기분이었다.

그는 내가 돌아보는 것에 아랑곳하지 않고 계속 피아노 소리를 냈다. 연주가 아니라 몇 가지 음을 점검하듯이 울릴 뿐이었다. 나는 한참이나 그 자리에 서 있다가 피아노 곁으로 돌아갔다.

내가 가까이 가도 그는 개의치 않았다. 건반 앞에서 살짝 옆으로 비켜서더니 그랜드피아노의 뚜껑을 열었다. 뚜껑…… 내게 그것은 날개처럼 보였다. 그는 크고 까만 날개를 들어 올린 후 닫히지 않도록 버팀목을 대고 다시 한 번 건반을 두드렸다.

숲 냄새가 났다. 밤에 가까운 시간, 숲 입구. 나는 그 숲속으로 가려다가 그만두었다. 해가 완전히 저문 뒤의 숲은 위험하니까. 어렸을 때, 숲속에서 길을 잃어 돌아오지 못한 아이들의 이야기를 자주 들었다. 날이 어둑어둑해진 뒤에는 숲에 들어가면 안 된다. 낮보다 태양이 떨어지는 속도가 빠르기 때문이다.

정신을 차렸을 때, 그는 바닥에 내려놓은 네모난 가방을 여는 중이었다. 한 번도 본 적 없는 이런저런 도구들이 들어 있었다. 그 도구를 사용해서 피아노를 어떻게 하려는 것일까. 피아노로 무엇을 하려는 것일까. 물어보면 안 된다. 물어보는 행위에는 책임이 따른다. 물어보고 대답을 들으면 다시 한 번 이쪽에서 무언가를 되돌려줘야만 할 것 같았다. 질문은 내 안에서 소용돌이쳤으나 형태를 이루지 못했다. 아마 되돌려줄 무언가가 내게 없었기 때문일 것이다.

피아노를 어떻게 하려는 건가요? 피아노를 어떻게 하고 싶으세요? 혹은 피아노로 무엇을 할 건가요? 이런 질문이었을까. 가장 궁금한 질문이 무엇인지 그때의 나는 몰랐다. 지금도 여전히 모르겠다. 물어볼 것을 그랬다. 그때, 형태가 이루어지지 않았더라도 내 안에 생긴 질문을 그대로 던졌으면 좋았을 텐데. 거듭해서 그때를 떠올렸다. 만약 그때 물을 수 있었다면 해답을 계속 찾을 필요가 없었을 텐데. 대답을 듣고 이해해버렸다면.

나는 아무것도 묻지 못하고 방해되지 않게 그저 묵묵히 그 자리에 서서 지켜볼 뿐이었다.

내가 다녔던 작은 초등학교에도, 중학교에도, 피아노는 있었다. 눈앞에 있는 것 같은 그랜드피아노는 아니었지만, 피아노에서 어떤 소리가 나는지 알고 피아노에 맞춰 노래를 부른 적도 많았다.

그런데 이렇게 크고 새까만 악기를 처음 보는 기분이었다. 적어도 날개를 열어 내부를 보는 것은 처음이었다. 그곳에서 만들어지는 소리가 피부에 닿는 감촉 또한 처음 알았다.

숲 냄새가 났다. 가을, 밤의. 나는 들고 있던 가방을 바닥에 내려놓고 피아노 소리가 조금씩 변하는 광경을 곁에서 지켜보았다. 대충 두 시간 남짓, 시간의 흐름도 잊고.

가을, 밤이었던 시간대가 차츰 좁혀져서 한정되었다. 가을 중에도 9월, 9월 초순. 밤이라도 아직 초저녁, 습도가 낮고 날이 밝은 저녁, 오후 여섯 시 무렵. 도시의 여섯 시는 밝지만 산골짜기 마을은 숲에 가로막혀 태양의 마지막 빛을 받지 못한다. 밤이 되기를 기다렸다가 활동을 시작하는 산속 생명체들이 바로 가까이에서 숨을 몰아쉬는 기척이 났다. 조용하고 따뜻한 깊이를 내포한 소리. 그런 소리가 피아노에서 흘러나왔다.

"여기 피아노는 오래되어서요."

그가 말을 시작한 이유는 아마 작업이 거의 끝나가기 때문이었을 것이다.

"아주 다정한 소리가 납니다."

그렇군요. 이렇게 대답할 수밖에 없었다. 다정한 소리가 어떤 소리인지 나는 잘 몰랐다.

"좋은 피아노입니다."

네. 나는 또 고개를 끄덕였다.

"예전에는 산도, 들도 좋았으니까요."

"네?"

그는 부드러워 보이는 천으로 까만 피아노를 닦으며 말했다.

"그 옛날에는 양들이 산이나 들에서 좋은 풀을 먹으며 살았을 겁니다."

나는 산골짜기 고향 집 근처 목장에서 양이 한가롭게 풀을 뜯던 풍경을 떠올렸다.

"좋은 풀을 먹고 자란 좋은 양의 좋은 털을 아낌없이 사용해서 만든 펠트예요. 지금은 이렇게 좋은 해머를 만들지 못해요."

무슨 말인지 모르겠다.

"해머와 피아노가 무슨 관계가 있죠?"

내가 묻자 그가 나를 보았다. 그는 어렴풋하게 웃는 표정으로 고개를 끄덕였다.

"피아노 안에 해머가 있습니다."

전혀 상상이 되지 않았다.

"한번 보시겠습니까?"

그 말을 듣고 피아노로 다가갔다.

"이렇게 건반을 치면."

도롱. 소리가 났다. 피아노 내부에서 부품 하나가 올라가더니 선 한 가닥에 닿았다.

"보세요, 이 현을 해머가 두드리고 있죠. 이 해머를 펠트로 만듭니다."

도롱도롱, 소리가 낮지만 부드러운 소리인지 아닌지 알 수 없었다. 그래도 숲에서, 9월 초순에, 저녁 여섯 시 무렵에, 어둑어둑해지기 시작하는.

"왜 그러시죠?"

그의 질문에 나는 대답했다.

"아까보다 더 또렷해졌어요."

"뭐가 또렷해졌나요?"

"이 소리의 경치요."

소리가 데려오는 경치가 또렷하게 떠올랐다. 그가 일련의 작업을 마친 지금, 그 경치는 피아노 건반 소리를 처음 들었을 때보다 훨씬 선명해졌다.

"혹시…… 이 피아노를 만드는 데 사용한 나무는 소나무가 아닐까요?"

그는 가볍게 고개를 끄덕였다.

"가문비나무입니다. 그러고 보니 소나무의 일종이군요."

나는 어떤 확신을 하고 물었다.

"그 나무는 혹시 홋카이도의 다이세쓰 산계에 속한 산에서 잘라낸 소나무가 아닐까요?"

그래서 내게도 경치가 보였던 것이다. 그 숲의 경치가. 그래서 내가 이렇게 감동한 것이다. 그 산의 숲이 이 소리를 냈으니까.

"아니요, 외국 나무입니다. 아마 북미에서 온 나무일 겁니다."

예상은 싱겁게 빗나갔다. 어쩌면 숲이란 어느 곳에 있든 전부 이런 소리를 내는 것일까? 초저녁이란 전부 조용하고 깊으면서 왠지 모르게 불온한 것일까?

그는 날개처럼 열어두었던 뚜껑을 덮고 그 위를 천으로 닦기 시작했다.

"학생은 피아노를 치는군요."

온화한 목소리가 물었을 때, 그렇다고 대답할 수 있었다면 얼마나 좋았을까. 피아노를 연주해서 숲이나 밤, 숱한 아름다움을 표현할 수 있다면 얼마나 좋을까.

"아니요."

실은 손도 대본 적 없었다.

"그래도 피아노를 좋아하지요?"

좋아하는지 아닌지도 모르겠다. 오늘 난생처음으로 피아노라는 악기를 의식한 터였다.

내가 대답하지 못하고 있어도 그 사람은 그다지 상관하지 않았다. 가방에 피아노를 닦은 천을 갈무리해 넣은 후 닫고 잠금장치를 걸었다.

그런 다음에 나를 돌아보더니 재킷 주머니에서 명함을 꺼내 한 장 건네주었다. 어른에게 명함을 받는 것은 처음이었다.

"마음이 내키면 피아노를 보러 오세요."

악기점 이름 아래에 조율사라고 적혀 있었다.

조율사 이타도리 소이치로

"괜찮나요?"

무심코 되물었다. 괜찮고 말고도 없다. 이 사람이 보러 오라고 했으니 당연히 괜찮다. 허가를 받았다.

"물론이지요."

이타도리 씨가 웃으며 끄덕였다.

잊을 수 없다. 딱 한 번, 가게를 방문했었다.

이타도리 씨는 마침 고객을 방문하기 위해 외출하던 참이었다. 가게 뒤편의 주차장까지 나란히 걸어가면서 나는 간청했다.

"제자로 받아주실 수 있나요?"

이타도리 씨는 웃거나 놀라지도 않고 그저 온화한 표정으로 나를 바라보았다. 그러더니 커다란 가방을 땅에 내려놓고 주머니에서 자그마한 수첩을 꺼내 볼펜으로 무언가를 적은 뒤, 페이지를 찢어 내게 건넸다.

학교 이름이 적혀 있었다.

"나는 일개 조율사입니다. 제자를 둘 주제가 못 되지요. 만약에 정말로 조율 공부를 하고 싶다면 그 학교가 좋을 겁니다."

나는 고등학교를 졸업하고 가족을 설득해 그 학교에 진학했다.

가족들이 나를 어느 정도 이해해주었는지 모르겠다. 내가 태어나고 자란 산골 마을에는 중학교까지만 있다. 의무교육을 마친 아이들은 모두 산을 떠난다. 산에서 태어난 아이들의 숙명이다.

똑같이 산에서 자라도 낯선 곳에서의 삶이 적성에 맞는 사람이 있고 안 맞는 사람이 있다. 거대한 학교와 군중 속에 뒤섞이는 자, 결국에 튕겨 나오는 자. 그리고 흐르고 흘러 전혀 다른 곳에 도착하는 자, 언젠가 산으로 되돌아가는 자. 어느 쪽이 좋거나 나쁜 것이 아니라, 또 자기 스스로 선택하는 것도 아니라, 그저 전자일지 후자일지 자기도 모르는 사이에 정해진다고 한다. 나는 조율이라는 숲과 만나고 말았다. 내가 살던 산으로 돌아가지 못한다.

태어나서 처음으로 홋카이도를 떠났다. 혼슈本州에 있는 조율사 육성 전문학교에 2년간 다녔다. 피아노 공방에 병설된 간소한 교실에서 오로지 조율 기술을 배우기 위해 2년을 보냈다. 동기는 겨우 일곱 명이었다.

아침부터 밤까지 조율 기술을 배웠다. 공방 창고 같은 곳에서 수업이 진행되어서 여름에는 덥고 겨울에는 추웠다. 피아노 한 대를 통째로 수리하거나 외장을 칠하는 실습도 있었다. 과제가 너무 힘들어서 도저히 못 하겠다는 암담한 기분을 맛보며 매일 밤늦게까지 몰두했다. 어쩌면 잘못 들어갔다가 돌아오지 못한다고 소문난 숲에 발을 들인 것은 아닐까. 몇 번이고 그렇게 생각했다. 눈앞이 울창하고 어두컴컴했다.

그런데 신기하게도 싫어지지 않았다. 내가 조율한 피아노에서는 아무리 시간이 지나도 숲 냄새가 나지 않았지만 그때 그 냄새를 잊을 수 없었다. 오로지 그 냄새에 의지해 2년 과정을 마쳤다. 그러면 피아노도 치지 못하고 음감이 뛰어나지 않아도 마흔아홉 번째 라 음을 440헤르츠에 맞출 수 있게 된다. 그 음을 기준으로 삼아 어떻게든 음계를 만들어갈 수 있게 되었으니 2년이라는 세월은 짧으면서도 길었다.

다른 여섯 명의 동기와 함께 무사히 졸업한 나는 고향 근처의 작은 마을로 돌아와 악기점에 취직했다. 이타도리 씨가 있는 그 가게이다. 마침 운 좋게도 조율사가 한 명 그만두었다.

에토 악기는 주로 피아노를 취급한다. 사장님은 가게에 거의 나오지 않는다. 조율사가 네 명, 접수와 사무, 영업 직원까지 전부 합쳐 열 명이 일하는 소규모 가게이다.

입사하고 반년 동안은 가게 내에서 업무 연수를 받았다. 전화 대응부터 시작해 에토 악기에서 함께 운영하는 음악 교실의 사무 업무, 악기점에 오는 고객 대응과 악기 판매까지. 시간이 나면 조율 연습을 할 수 있었다.

가게 1층에는 피아노가 진열된 쇼룸 외에 악보와 서적을 판매하는 코너, 그리고 레슨용 개별실이 두 곳 있고 수십 명쯤을 수용하는 발표회용 소규모 홀이 있다. 우리 조율사들은 보통 2층 사무소에서 근무한다. 2층은 사무소 이외에 회의실과 응접실이 하나씩 있다. 다른 곳은 창고로 사용한다.

가게에는 피아노가 총 여섯 대 있는데, 그 피아노를 이용해서 조율 연습을 할 수 있었다. 낮에는 통상적인 업무만으로도 시간이 부족하니까 연습은 밤에만 가능했다.

아무도 없는 늦은 밤, 악기점에서 까만 피아노의 뚜껑을 열었다. 기분은 가볍게 풀어지는데 가슴 저 깊숙한 곳은 오히려 꽉 조여드는 듯한, 정확히 표현할 수 없는 정적이 찾아왔다. 소리굽쇠를 울렸다. 신경이 잔뜩 예민해졌다.

현 하나씩 소리를 맞춰간다. 맞추고 또 맞춰도 마음속에서 무언가가 어긋난다. 음파를 붙잡을 수 없다. 튜너로 재보면 분명 수치가 맞는데 음이 흔들리는 것처럼 들린다. 조율사에게는 음을 맞추는 것 이상이 요구되는데, 나는 아직도 제자리걸음을 하는 중이었다.

헤엄칠 수 있다고 믿고 뛰어든 수영장에서 발버둥을 치는 것만 같았다. 물을 갈라도 앞으로 나아간다는 실감이 없었다. 매일 밤 마주한 피아노 앞에서 나는 물을 가르고 작은 물거품을 뱉으며, 때때로 수영장 바닥을 발로 차면서 조금이라도 앞으로 나아가려고 했다.

이타도리 씨와는 여간해서 만나지 못했다. 콘서트용 홀 피아노를 조율할 때도 있고 개인 가정집에서 들어오는 지명 의뢰도 많았다. 바빠서 가게에 있을 여유가 거의 없었다. 목적지로 출근했다가 바로 퇴근하는 날이 이어져서 일주일에 한 번도 얼굴을 보지 못할 때도 있었다.

이타도리 씨의 조율을 보고 싶었다. 기술적인 지도도 받고 싶었고, 무엇보다 이타도리 씨의 조율로 차츰차츰 맑아지는 피아노의 음색을 다시 듣고 싶었다.

그런 생각이 얼굴에 드러났나 보다. 이타도리 씨는 나와 마주칠 때면 외근을 나가기 전의 짧은 시간에라도 말을 걸어주고는 했다.

"초조해하면 안 됩니다. 차근차근, 차근차근입니다."

알겠습니다. 나는 대답했다. 차근차근. 차근차근. 끝이 없고 정신이 아득해질 것 같은 차근차근에서부터 조율사의 일은 시작된다.

이타도리 씨가 나를 보아준 것만으로도 기뻤다. 그러나 마냥 기쁜 것만은 아니었다. 가게를 나서려는 이타도리 씨를 쫓아갔다.

"차근차근 어떻게 하면 되나요? 어떻게 차근차근해야 올바른가요?"

필사적이었다. 숨을 헐떡이는 나를 이타도리 씨는 의아한 표정으로 바라보았다.

"우리가 하는 일에 옳고 그름의 기준은 없습니다. 올바르다는 단어를 쓸 때에는 조심하는 게 좋아요."

이타도리 씨는 그렇게 말하고 자신에게 끄덕이는 것처럼 몇 차례 반복해서 고개를 움직였다. 주차장으로 연결되는 출입구를 열면서 그가 말했다.

"차근차근 수비하고 차근차근 히트 앤드 런입니다."

차근차근이라는 것이 야구였나. 이렇게 이해하기 어려운 비유가 있을까.

"홈런은 없네요."

열린 문을 잡아주며 나는 확인했다. 이타도리 씨는 내 얼굴을 찬찬히 들여다보았다.

"홈런을 노리면 안 됩니다."

알 것 같으면서 모르겠는 충고였다. 일단 올바르다는 말을 사용하는 것을 조심하자고만 생각했다.

차근차근, 시간이 나면 가게 피아노를 조율했다. 하루에 한 대씩. 여섯 대를 전부 조율하면 다시 맨 처음에 했던 피아노로 돌아와 음높이를 바꿔 다시 조율했다.

고객의 피아노를 맡아서 조율하려면 아무리 일러도 반년은 지나야 한다고 했다. 나와 엇갈려 그만둔 사람은 시간이 더 많이 걸려서 처음 고객의 집에 조율하러 갔을 때가 입사하고 1년 반이나 지난 뒤였다고 들었다.

내게 그런 일화를 알려준 사람은 7년 선배인 야나기 씨였다.

"전에 있던 사람도 조율사 양성 학교를 제대로 졸업하긴 했어. 역시 적성에 맞고 안 맞고는 있는 거야."

적성이라고 간단하게 말해버리면 곤란하다. 아무리 노력해도 적성에 맞지 않을 가능성이 있다고 생각하자 두려웠다.

"뭐, 조율사에게 중요한 것은 조율 기술만은 아니니까."

야나기 씨는 내 어깨를 툭툭 쳤다.

나는 조율 기술에 자신이 없었다. 엄격한 학교를 졸업했지만 간신히 기초를 익혔을 뿐이다. 관리를 받지 않은 피아노 앞에 서서 내가 할 수 있는 일이란 고작해야 어긋난 음을 바르게 하고 주파수를 맞춰 어떻게든 음계를 정렬하는 것 정도이다. 아름다운 음과는 거리가 멀다. 겨우 그 정도밖에 하지 못한다는 사실을 누구보다도 나 자신이 제일 잘 알고 있었다.

기술에도 자신이 없는데 그 밖에 더 중요한 것이 있다니, 도무지 감당하기 벅찼다.

불안해하는 나를 보고 야나기 씨가 웃으며 말했다.

"괜찮다니까. 당당하게 굴면 돼. 사실 당당하게 굴어야 좋고. 불안해 보이는 조율사를 믿어주는 고객은 없으니까."

"죄송합니다."

"아니, 사과할 필요 없다고. 당당하게 있으면 돼."

야나기 씨가 웃었다. 선배이지만 절대 위압적으로 굴거나 으스대지 않아서 참 고마웠다.

소규모 공동체에서 지낸 기간이 긴 나는 상하관계를 잘 이해하지 못했다. 위와 아래로 표현할 수 없는 것들이 위와 아래의 권력관계로 맺어진다는 것을 뒤늦게 알게 되었다. 이를테면 선배와 후배. 도시와 마을. 먼저와 나중, 크고 작음. 겨우 그런 차이일 뿐인데 상하관계로 편입되는 것이 이해되지 않았다.

차근차근 조율 연습을 반복하는 동시에 차근차근 피아노 곡집을 들었다. 고등학교를 졸업할 때까지 클래식 음악이라고는 전혀 듣지 않아서 정말 신선했다. 나는 순식간에 빠져들어 매일 밤 모차르트나 베토벤이나 쇼팽을 들으며 잠들었다.

한 곡을 여러 피아니스트가 연주한다는 것조차 몰랐으니까 어떤 사람의 연주를 골라야 하는지도 알 리가 없었다. 듣고 비교할 여유도 없어서 최대한 같은 피아니스트의 연주만 골라 듣는 일이 없도록 조심하며 무조건 많이 들어보자는 과제를 스스로 부여했다. 알에서 갓 부화한 병아리가 처음 본 대상을 엄마라고 믿는 것처럼 처음 들은 연주에 친근감을 느꼈다. 그때마다 그 피아니스트가 최고라고 믿었다. 묘한 버릇이 있는 연주도, 박자를 완전히 뒤바꾸는 해석도 내가 처음 듣는 것이라면 나만의 표준이 되었다.

이외에 무엇을 더 차근차근하면 될까. 시간만 생기면 나는 피아노 앞에 서서 뚜껑을 열고 내부를 관찰했다. 건반은 총 여든여덟 개가 있고 각각의 건반에 한 줄부터 세 줄까지 현이 연결되어 있다. 강철 현이 똑바로 뻗고 그 현을 때리는 해머가 마치 목련 봉오리처럼 가지런히 놓여 있는 광경을 볼 때마다 등이 꼿꼿하게 펴졌다. 조화를 이룬 숲은 아름답다.

'아름다움'도 '올바름'과 마찬가지로 내게는 새로운 단어였다. 피아노와 만나기 전까지는 아름다움을 깨닫지 못했다. 몰랐다는 것과는 조금 다르다. 나는 많이 알고 있었다. 그저 알고 있다는 사실을 깨닫지 못했을 뿐이었다.

그 증거로 피아노와 만난 이후, 나는 기억 속에서 다양한 아름다움을 발견했다.

예를 들어 본가에서 살 때, 할머니께서 종종 만들어주시던 밀크티. 작은 냄비에 끓인 홍차에 우유를 넣으면 큰비가 내린 뒤에 탁해진 강과 비슷한 색이 된다. 냄비 바닥에 물고기가 숨어 있을 것만 같은 따뜻한 밀크티. 컵에 따른 뒤 소용돌이치는 액체를 한참이나 넋을 잃고 바라보았다. 아름다웠다.

예를 들어 울어대는 아기의 미간 주름. 있는 힘껏 힘을 준 새빨간 얼굴에 잡힌 주름은 그 자체만으로도 강한 의지를 품은 생명체 같아서 옆에서 보면 가슴이 뛰었다. 그것 역시 아름다웠다.

그리고 예를 들어 헐벗은 나무. 산에 늦은 봄이 찾아와 헐벗은 나무들이 일제히 움틀 때. 그 직전에 나뭇가지 끝이 아롱아롱 밝아 보일 때가 있다. 희미하게 붉은빛을 띠는 수많은 나뭇가지 탓에 산 전체가 빛을 내뿜는 것처럼 보이는 광경을 나는 매년 목격했다. 산이 불타는 것 같은 환상적인 불꽃에 압도되어 그 자리에 멈춰 서서 아무것도 하지 못했다. 아무것도 하지 못해서 오히려 기뻤다. 그저 발걸음을 멈추고 심호흡했다. 봄이 온다, 숲이 지금부터 어린잎으로 뒤덮인다, 분명한 예감에 가슴이 뛰었다.

지금도 그다지 다르지 않을 것이다. 아름다움을 앞에 두면 멈춰 설 수밖에 없다. 나무도 산도 계절도 그대로 붙잡아둘 수 없고 내가 그 안에 끼어들 수도 없다. 그래도 그런 것들을 아름답다고 부를 수 있음을 알았다. 그것만으로도 해방된 기분이었다. 아름답다는 단어로 치환한 덕분에 언제든 꺼내 볼 수 있게 되었다. 남에게 보여주거나 나눌 수도 있게 되었다. 아름다운 상자가 늘 몸 안에 있기에 나는 그저 뚜껑을 열면 된다.

지금까지 아름답다고 이름 붙이지 못했던 대상들이 기억 여기저기에서 밖으로 톡톡 튀어나왔다. 자석으로 사철을 모으는 것처럼 아주 쉽게, 자유롭게.

희미하게 밝아지는 나뭇가지나 그 후에 일제히 움트는 어린잎이 아름답다는 사실, 동시에 그것들이 당연히 거기 있다는 사실에 새삼스럽게 놀랐다. 당연하면서도 기적 같았다. 분명 내가 깨닫지 못했을 뿐이지 세상 모든 곳에 아름다움이 숨어 있었다. 어느 날 갑자기 한 대 얻어맞은 것처럼 아름다움을 깨달았다. 예를 들어 방과 후 고등학교 체육관에서.

피아노가 어딘가에 녹아든 아름다움을 꺼내어 귀에 들리게 해주는 기적이라면 나는 기쁘게 피아노의 종이 되리라.

처음 조율하러 간 날을 생생하게 기억한다.

초가을, 하늘이 드높은 날이었다. 입사하고 5개월이 지날 무렵,

야나기 씨가 고객의 집에 조율하러 갈 때 동행하게 되었다. 야나기 씨가 조율하는 동안 옆에서 보조한다는 명목이었지만 사실 보조가 아니라 견학이었다. 조율 기술 외에도 고객의 집에 가서 어떻게 행동하고 고객과 어떤 식으로 대화를 나누는지 배울 수 있는 기회였다.

긴장했다. 새하얀 맨션 입구에 서서 초인종을 누르는 야나기 씨를 보고 갑자기 불안해졌다. 내가 저 초인종을 누를 수 있을까? 여성의 기분 좋은 목소리가 들리고 문이 열렸을 때, 조율사는 기다림을 받는 존재라는 생각을 다시금 했다. 초인종을 받은 여성보다 아마 그 곁에 있을 피아노의.

엘리베이터를 타고 4층으로 올라갔다.

"여긴 기대돼."

바깥 복도를 걸으며 야나기 씨가 속삭였다.

내 어머니와 비슷한 연령대로 보이는 여성이 문을 열고 우리를 맞아주었다. 들어가서 바로 오른쪽 방에 피아노가 있었다. 약 세 평쯤 되는 방 정중앙에 가장 작은 사이즈의 그랜드피아노가 있었다. 바닥에 털이 긴 카펫을 깔았고 창에는 두툼한 커튼을 달았다. 방음 대책이다. 피아노 앞에 의자가 두 개 있는 것은 아마 피아노를 배우는 중이기 때문일 것이다. 가르쳐주는 선생님이 집으로 직접 찾아오나 보다.

반질반질 잘 닦인 까만 피아노였다. 그렇게 고급 피아노는 아니었지만 소중히 보살핌을 받는 것 같았다. 게다가 자주 연주되는 피아노였다. 야나기 씨가 옥타브를 가볍게 쳤는데 약간 어긋난 것이 느껴졌다. 반년 전에 조율했는데도 이 정도로 어긋났다니, 상당히 많이 쳤을 것이다.

야나기 씨가 기대된다고 말한 이유를 알겠다. 주인에게 사랑을 받으며 자주 연주된 피아노를 조율하는 일은 즐겁다. 1년이 지나도 소리가 거의 그대로인 피아노라면 조율하는 작업 자체는 간단할지언정 보람이 적다.

피아노는 연주되고 싶다. 항상 열려 있다. 혹은 열리려고 하고 있다. 사람에게도 음악에도. 열려 있지 않으면 여기저기 녹아 있는 아름다움을 발굴해내지 못한다.

야나기 씨가 소리굽쇠를 울렸다. 피잉, 소리가 나자 눈앞에 있는 피아노의 라 음이 그에 공명했다. 연결되어 있다는 생각이 들었다.

한 대의 피아노는 저마다의 표정을 지닌 개별적으로 독립한 악기이지만 근본적으로는 연결되어 있다. 마치 라디오처럼. 어딘가의 방송국에서 말과 음악을 전파로 실어 보내면 라디오의 안테나가 그것을 포착한다. 마찬가지로 이 세상 모든 곳에는 음악이 녹아 있고, 개개의 피아노가 음악을 형태로 만든다. 피아노가 음악을 최대한 아름다운 형태로 만들게 도와주기 위해서 우리 조율사가 있다. 현의 강도를 조절하고 해머를 조정해 음파 형태가 일정해지도록 하고, 피아노가 모든 음악과 연결되도록 조율한다. 지금 야나기 씨가 묵묵히 하는 작업도 이 피아노가 언제든지 세상과 연결될 수 있게 만들기 위한 것이다.

약 두 시간쯤 흘러 작업이 거의 마무리될 무렵, 현관 쪽에서 "다녀왔습니다"라는 인사말이 들렸다. 아직 어린 소녀의 목소리였다.

조율은 시간이 걸리고 소리도 난다. 고객 성향에 따라 방문을 닫고 작업할 때도 있다. 그런데 지금은 문을 열어두었다. 목소리의 주인공이 돌아오면 조율 중인 피아노를 바로 보여주려고 배려했나 보다. 역시나 소녀는 곧장 피아노실로 들어왔다. 고등학생일까, 까만 머리를 어깨까지 기른 차분해 보이는 소녀였다.

소녀는 야나기 씨와 내게 살짝 고개를 숙인 뒤, 벽에 얌전히 등을 기대고 야나기 씨의 작업을 가만히 지켜보았다.

"어떻습니까?"

야나기 씨는 2옥타브쯤 음계를 쳐본 후에 피아노 앞을 비워주었다.

소녀는 머뭇거리며 피아노로 다가와 딩동딩동 소리를 내보았다. '어떻습니까?'라는 질문에 예의 바르게 응답하는 느낌이었다.

피아노 소리에 나는 무심결에 앉았던 의자에서 일어났다. 귀에서부터 목덜미까지 닭살이 돋았다.

"자, 제대로 연주해서 확인해보세요."

야나기 씨가 웃으며 말을 걸자, 서 있던 소녀가 피아노 앞의 의자를 끌어당겨 앉았다. 그리고 천천히 건반 위에서 손가락을 움직였다. 오른손과 왼손이 동시에 움직이는 짧은 곡이었다. 아마손가락을 움직이는 연습곡일 것이다. 아름다웠다. 알알이 고르고 단정하고 윤기가 흘렀다. 귀에 돋은 닭살이 사라지지 않았다. 연주가 순식간에 끝나서 안타까웠다.

소녀는 연주를 마친 후 손을 다시 무릎 위에 모으고 고개를 끄덕였다.

"고맙습니다. 좋은 것 같아요."

쑥스러운지 고개를 숙이고 조용히 말했다.

"그럼 이만 가보겠습니다."

"아, 잠깐만 기다려주세요."

야나기 씨가 말을 꺼냈을 때 소녀가 고개를 들고 말했다.

"이제 곧 여동생이 돌아오니까 조금만 더 기다려주실 수 있을까요?"

이 아이의 동생이라면 중학생이려나. 동생에게 결정권이 있을까. 아니면 자기 혼자 결정할 용기가 없는 것일까.

생각에 잠긴 내 옆에서 야나기 씨가 쾌활하게 "물론 괜찮습니다" 하고 대답했다.

소녀가 피아노실을 나가고 얼마 지나지 않아 사모님이 차를 내왔다.

"차를 좀 드세요. 드시는 동안에 딸아이가 오지 않으면 돌아가셔도 괜찮으니까요."

사모님이 피아노실 구석에 있는 자그마한 테이블에 차를 올려놓고, 마지막 부분은 목소리를 살짝 낮춰 말하며 웃었다. 여동생에게 조율 결과를 확인시키고 싶은 맏딸의 마음을 존중하면서 우리도 배려해주는 태도였다.

야나기 씨는 도구를 가방에 정리하던 손을 멈추고 감사하다고 말하며 고개를 숙였다.

5분도 채 지나지 않았을 때, 현관문이 활기차게 열리는 소리가 들렸다.

"다녀왔습니다아."

발랄한 목소리와 발소리가 다가왔다.

"유니, 지금 조율하시는 분이 와 계셔."

"다행이다, 안 늦었어."

소녀들의 목소리가 들리고 바로 다음, 피아노실에 두 얼굴이 나타났다. 아까 그 소녀와 지금 막 돌아온 소녀. 둘의 얼굴은 거의 똑같았다. 어깨까지 머리카락을 늘어뜨렸는지, 귀 아래에서 양 갈래로 묶었는지의 차이뿐이었다.

"가즈네가 쳐봤지? 그럼 나는 괜찮아."

문 옆에 멈춰 서서 '가즈네'를 바라보는 소녀가 '동생'인 '유니'인 모양이다.

"아니야, 너도 쳐봐. 연주해서 확인해야지. 나랑 유니의 피아노는 다르니까."

머리를 묶은 소녀가 밖으로 나갔고, 머리를 늘어뜨린 '언니'가 말했다.

"죄송해요, 지금 손을 씻으러 갔어요. 금방 돌아올 거예요."

그리고 우리에게 고개를 숙였다.

얼마 지나지 않아 돌아온 소녀는 묶은 머리를 풀고 있었다. 그러자 둘의 얼굴을 분간할 수 없었다.

곧 피아노 연주가 시작되었다.

얼굴은 똑같은데. 나는 생각했다. 이상한 감상이지만 제일 먼저 그런 생각이 들었다. 얼굴은 똑같은데 '동생'의 피아노는 아까 '언니'가 친 것과 전혀 달랐다. 온도가 달랐다. 습도가 달랐다. 음이 발랄했다. '동생'의 피아노에는 색채가 가득했다. 이렇다면 각자 연주해서 확인해보지 않으면 조율 상태를 결정할 수 없겠다.

소녀는 갑자기 연주를 멈추더니 우리를 돌아보았다.

"조금 더 밝은 소리로 조정해주시면 좋겠어요."

그러더니 미안한 표정으로 덧붙였다.

"죄송해요. 고집을 부려서."

피아노 건너편에 선 '언니' 역시 진지한 표정이었다. '언니'도 소리를 밝게 해주길 원하고 있을까? 아니면 '동생'의 의견을 존중하는 것일까. '동생'은 의자에서 일어나며 말했다.

"제 생각인데, 소리가 지나치게 울리지 않도록 조정해주신 거죠? 그렇게 억제해주신 소리가 제게는 왠지 어둡게 느껴지는 것 같아서요."

야나기 씨가 웃으며 끄덕였다.

"알겠습니다. 조정하겠습니다."

페달을 조정해 댐퍼(피아노, 쳄발로 등에 부착해 줄의 진동을 막아주는 기구. 오른쪽 페달로 조작한다—옮긴이)가 조금 빨리 일어나게 했다. 그렇게만 해도 억제한 소리가 해방되었다. 좁은 방이라면 이 정도만 해도 밝게 느껴진다. 그렇지만 이래도 괜찮을까? 밝음은 '동생'의 소리에는 어울리겠지만, '언니'의 정밀한 피아노를 과연 어떻게 바꿀까.

야나기 씨가 재조정한 피아노를 '동생'이 다시 연주했다.

"아, 왠지 소리가 예쁘게 울려요!"

'동생'이 연주를 마치고 벌떡 일어나 야나기 씨에게 힘차게 고개를 숙였다.

"정말 고맙습니다."

'언니'도 나란히 고개를 숙였다. 이렇게 다시 봐도 둘은 똑같이 생겼다. 똑같은 머리를 하고 똑같은 동작을 하니까 누가 누군지 모르겠다. 한층 활짝 웃는 쪽이 아마 '동생'이고 얌전해 보이는 쪽이 '언니'일 것이다. 연주한 피아노 음색은 확연히 달랐다. 그런데도 피아노에 바라는 소리는 같을까? 둘이 바라는 소리가 달라야 자연스럽지 않을까. 혹시 양쪽에서 다른 요구를 받는다면 조율사는 어떻게 대처해야 할까.

자매와 사모님의 배웅을 받으며 맨션을 나섰다. 해가 저물기 시작했는데도 주차장에 세워둔 하얀 경자동차 안은 꽤 더웠다. 내가 회사용 차를 운전해서 여기까지 왔다. 조율 도구가 든 가방을 뒷좌석에 두고 야나기 씨가 조수석 문을 열었다.

"어떻게 생각하세요?"

차에 타자마자 물어보았다. 뭘 어떻게 생각하느냐고 물은 것인지 나도 잘 모르겠다. 밝음을 요구한 것을 어떻게 생각하는지 물어본 것일까? 어쩌면 나는 밝음을 요구한 것에 불만을 느꼈는지도 모르겠다. 고객의 희망을 우선시하는 것이 당연한데도.

"여전히 재미있는 피아노를 치는 아이구나 싶어."

야나기 씨가 소리 죽여 후후 웃으며 대답했다.

"오랜만에 들었어, 저렇게 생기 넘치는 피아노."

그러더니 나를 힐끔 쳐다보았다.

"정열적이고 좋았어. 조율한 보람이 있다."

재미있다는 감각과는 좀 달랐지만 정열적이라는 의견에는 동감했다.

"좀 더 곡다운 곡을 연주해주면 좋았을 거예요."

그렇지 않으면 밝은 소리가 정말로 타당했는지 판단하기가 어렵다.

그런데 야나기 씨는 고개를 저었다.

"쇼팽의 에튀드였잖아. 충분하지. 짧긴 해도 그보다 더 긴 곡을 쳤으면 시간이 부족했을 거야. 안 그래도 예정보다 훨씬 늦어졌으니까."

쇼팽의 에튀드? 나는 클래식 음악에 지식이 부족하다. 지금에서야 조금씩 음악을 들으며 기억하는 정도이다. 하지만 아까 들은 그 음악은 쇼팽이 아니었다. 제대로 된 음악이라고 할 수 없었다. 굳이 말하자면 손가락 연습곡 같은…… 하고 생각하다가 깨달았다.

"쇼팽의 에튀드는 쌍둥이 동생이 친 곡 아닌가요?"

야나기 씨가 눈을 동그랗게 뜨고 나를 보았다.

"어, 뭐야. 그럼 언니 쪽 피아노가 마음에 들었어?"

고개를 끄덕였다. 물론이다. 정열적이면서 조용한 그런 소리는 처음 들었다.

"왜? 언니의 피아노는 평범한 피아노잖아. 물론 정확하게 치기는 했어. 그렇지만 그것뿐이야. 당연히 여동생 쪽이 더 재미있지."

평범한 피아노였다니. 그게 평범한가. 나는 피아노를 만져본 경험이 없으니까 조금만 잘 치는 사람도 굉장히 잘 치는 것처럼 보이는지도 모른다. 병아리가 삐악삐악 울며 엄마 닭을 쫓아 걷는 모습이 떠올랐다. 처음 조율하러 와서 처음으로 고객이 연주하는 피아노를 보았기 때문에 특별하게 여기는 것일까?

……그렇지만 곧 아니라고 생각했다. 평범하지 않았다. 완벽하게 특별했다. 음악이라고 부를 수 없는 소리의 연속체. 그것이 내 가슴을 울렸다. 고막을 떨리게 하고 피부에 닭살이 돋게 했다.

"난 그 애의 피아노가 좋아."

야나기 씨가 말하더니 덧붙였다.

"동생 쪽."

나도 고개를 끄덕였다. 동생도 좋았다. 동생의 피아노에는 힘과 색채가 있었다. 그래서 그보다 더 밝은 소리를 바라는 이유를 잘 모르겠다.

"아."

액셀을 밟으며 자동차를 천천히 움직였다.

"왜 그래?"

조수석에 앉은 야나기 씨가 나를 보았다.

"밝은 소리."

밝은 소리가 필요한 쪽은 '언니'가 아니었을까. 분명 그 '동생'은 자신의 소리를 알고 있다. '언니'의 소리도 파악했다. 자신을 위한 밝음이 아니었다. 차분한 피아노를 돋보이게 하는 것이 반드시 어두운 소리는 아니다. 밝은 소리를 바란 이유는 '언니'를 위해서가 아닐까?

"그랬구나."

내가 고개를 끄덕이자 야나기 씨가 곁눈질했다.

"뭐야? 기분 나쁘거든."

"자매는 좋네요."

이번에는 야나기 씨도 무슨 말이냐고 되묻지 않았다.

"특히 쌍둥이는."

"네에."

"둘 다 피아노를 잘 치고 둘 다 귀여운 쌍둥이야."

야나기 씨가 조수석에서 다리를 쭉 뻗으며 기분 좋게 말했다.

결과적으로 내가 특별하다고 느낀 피아노가 정말 특별한지 아닌지는 잘 모르겠다. 단 처음 조율하러 방문한 집, 그곳에서 만난 쌍둥이, 피아노 음색, 필요한 밝음. 최고로 좋은 그 상태를 위해

일할 수 있다면 앞으로도 차근차근, 차근차근히 해나가고 싶었다.

거리가 화려해 보이는 이유는 노가리낭 열매가 익었기 때문이다. 가로수가 새빨개져서 거리가 몰라보게 화려해졌다. 산골 고향 집에서 살 때는 길가의 노가리낭이나 다래, 왕머루가 익기를 기다렸다가 등하굣길에 한 알씩 따 먹으며 걷고는 했다.

"아무도 안 먹나 봐요."

함께 걷던 야나기 씨에게 말하자 "뭐?" 하고 질문이 돌아왔다.

"가로수는 공공시설이니까 마음대로 따면 안 되는 건가요?"

"무슨 말이야?"

"노가리낭 열매요. 올해는 가을이 늦네요."

그렇게 말한 뒤에야 노가리낭이 사투리고 원래 주목朱木이라고 부른다는 것을 떠올렸다.

"자세히도 아네?"

야나기 씨가 감탄했다.

"나는 나무 이름은 전혀 몰라. 그런 건 어디에서 배웠어?"

어디에서? 의식해본 적이 없었다. 어느 순간 알고 있었다. 내 주변에 있었으니까. 연어와 임연수와 홍송어를 구분하는 것과 마찬가지로 일반적인, 지식이라 부르기도 어려운 상식이었다.

"나무 이름은 알지만, 그냥 알 뿐이에요. 도움도 안 되는 걸요."

산에서는 바람이나 구름 이름을 알면 큰 도움이 된다. 변화무쌍한 날씨를 거의 정확하게 예측할 수 있다.

나무는 나무다. 내가 이름을 알든 모르든 상관없이 그곳에 존재하며, 봄이 되면 싹이 트고 잎이 자라고, 가을이 되면 열매를 맺는다. 이윽고 열매가 익으면 나무에서 떨어진다. 어린 시절, 가을날, 숲에서 놀다 보면 사방에서 열매가 투둑투둑 떨어지는 소리가 났다. 그 소리는 내 마음을 차분하게 진정시켰다. 내가 있어도 없어도 나무 열매는 떨어진다. 그렇게 생각하면 마음이 편해졌다. 투둑투둑 열매가 떨어지는 소리를 들으면서 안심하고 놀았다. 열 살이 되던 가을, 만약 이대로 숲에 쓰러져서 호흡이 멈추더라도 나무 열매는 떨어진다고 생각하자 발밑에서부터 해방감이 슬금슬금 차올랐다. 나는 자유롭다. 이곳에서 썩어 문드러져도 괜찮은 자유, 그렇지만 그 배후에는 소리 없이 다가오는 추위와 공복이 있다. 그러면 나는 다시 살아 있는 생명이 얼마나 자유롭지 못한지 깨닫고는 했다.

"꽃 이름도 알고 있어?"

질문을 받고 정신을 차렸다. 꽃 이름. 산에 피는 꽃이라면 안다. 그러나 꽃집에서 파는 꽃은 모른다.

"꽃 이름을 알다니 멋있다."

"그런가요?"

"그럼."

야나기 씨가 말했다.

"모른다는 건 흥미가 없다는 이야기잖아."

꽃 이름 이야기일 뿐인데 가슴이 아팠다. 음악에 대한 소양이 부족하다고 지적을 받은 기분이었다. 꽃 이름보다도, 나무나 구름이나 바람 이름보다도, 내가 알아두어야 할 지식이 있다. 조금 전에 방문한 고객의 집에서 유명한 피아니스트의 음색에 관한 질문을 받았는데 나는 아무 대답도 하지 못했다.

"내가 보는 경치와는 다른 경치가 보이겠지?"

야나기 씨가 말했다. 아마도 그렇겠지. 하지만 내게는 보아야 할 것이 수도 없이 많다.

"나무 이름을 아는 것, 절대로 무의미하지 않아. 실제로 도움이 될 거야."

위로일까. 어쨌거나 조율에 도움이 되지는 않을 것이다.

"이야깃거리가 부족한 것보다는 풍부한 편이 낫다는 말이죠?"

야나기 씨는 고객들 사이에서 평판이 좋다. 가장 큰 이유는 당연히 조율 기술이 훌륭하기 때문이지만, 뛰어난 말발도 한 요인이다. 고객이 하는 어떤 이야기라도 받아서 재치 있게 대화를 이어간다. 그럴 때마다 나는 옆에서 간신히 고개만 끄덕일 뿐이다.

"화술이나 교양이라는 의미가 아니라, 조율의 실체에 도움이 된다고 생각해."

조율의 실체. 그것이 무엇인지 잘 모르겠다. 나는 아직 조율이 라는 세계의 주변을 어슬렁어슬렁 돌아다닐 뿐인 수습생이었다.

"최대한 구체적인 대상의 이름을 알고 그 세부를 떠올릴 수 있는 것, 이게 생각보다 중요하거든."

이해하지 못하겠다는 내 표정을 보았는지 야나기 씨가 잠깐 생각하다가 예시를 들어주었다.

"예를 들면."

야나기 씨의 '예를 들면'은 어렵다. 예시가 너무 우회적일 때가 많다. 정중앙에 정확히 도달하려면 듣는 사람에게도 기술이 필요하다는 것을 최근 들어 깨달았다.

"치즈, 좋아해?"

"좋아하죠."

치즈는 좋아한다. 단순한 예시인 줄 알면서도 달리 대답할 말이 없었다.

"나도 좋아해. 단순하게 좋아한다고 생각했지. 그런데 얼마 전, 뭐라 뭐라 하는 상을 받았다는 유명한 곰팡이 치즈를 먹고 경악했어. 상식의 범주를 뛰어넘었다고 해야 하나? 도저히 먹지 못할 냄새였거든. 그런데 그 치즈가 수많은 사람에게 인정을 받고 상도 받았어. 맛있다고 연발하며 먹는 사람도 있어. 미각이란 참 심오해."

나란히 걸으면서 묵묵히 생각했다. 조율과 치즈가 어떻게 연결될까.

"만약에 도무라, 고객이 치즈 같은 소리로 조율해달라고 말하면 어떻게 할래?"

걸음을 멈추고 야나기 씨를 보았다.

"우선 그 치즈의 종류를 확인하겠습니다. 천연치즈인지 가공치즈인지. 그 다음에 숙성 정도를 물어보겠죠."

색이나 냄새나 부드러움, 물론 맛까지도, 발효와 숙성 상태에 따라 어느 정도 상상할 수 있다. 거기서부터 더듬어 소리를 찾아가지 않을까.

"오호라."

야나기 씨가 웃으며 고개를 두어 번 끄덕였다.

"목장에서 살았다고 했지?"

"아니요."

나도 웃었다.

"집 근처에 목장이 있었어요. 거기서 치즈도 만들었어요."

그러고 보니 전에도 비슷한 대화를 나누었다. 그때는 목장에서 키우는 닭이 낳은 달걀에 대한 이야기였다. 삶은 달걀이라는 말을 들었을 때, 반짝 떠오르는 이미지가 많을수록 좋다는 대화였다. 그때도 고객의 집에서 돌아오던 길이었다.

"반숙을 좋아하는 사람과 완숙을 좋아하는 사람이 있지."

그 이야기를 할 때 야나기 씨는 왠지 조금 불만스러운 표정이었다.

"반숙도 쫀득쫀득한 식감을 좋아하는 사람도 있고 촉촉한 것을 좋아하는 사람도 있어. 참고로 나는 촉촉한 게 좋아. 소금이랑 올리브유를 살짝 뿌려서 먹으면 최고야."

삶은 달걀에 올리브유를 뿌려서 먹어본 적은 없다. 애초에 올리브유 자체가 아파트 부엌은 물론이고 고향 집 부엌에도 있을 리 없었다.

"쫀득쫀득함과 촉촉함 중에 어느 쪽이 더 낫다고는 할 수 없어. 단순히 취향 차이야. 물론 완숙도. 완숙을 좋아하는 사람이 유치한 것도 절대 아니지."

당연히 유치할 리 없다. 나는 단언컨대 완숙이 좋다. 포슬포슬 부스러지는 곱디고운 노른자를 먹을 때마다 이렇게 완벽한 음식은 없다고 생각한다.

"그러니까 취향 문제야. 피아노에 어떤 소리를 추구하는가, 그건 고객 취향에 달렸어."

간신히 이야기가 연결되었다. 직전에 방문했던 집의 고객이 한 요청에 야나기 씨는 불만을 느꼈나 보다. 물론 고객이 완숙 달걀로 해달라고 한 것은 아니었다. 딱딱한 소리로 해달라고 요청했다. 야나기 씨의 비유는 알아듣기 어렵다.

"데친 아스파라거스에 곁들여 먹을 때는 온천 달걀처럼 쫀득쫀득하게 삶은 달걀이 좋아. 아스파라거스에 달걀을 소스처럼 묻혀서 먹으면 맛있지. 안 그래? 고객이 그걸 먹어본 적이 있고, 그래도 여전히 완숙이 좋다고 하는지, 아니면 푹 삶은 달걀만 알아서 그게 좋다고 말하는지 구분하기가 어려워."

이해하기 어렵지만 대충은 알겠다.

"딱딱한 소리가 좋은지, 부드러운 소리가 좋은지, 무엇을 기준으로 삼았는지 확인해야지."

그때 고객은 최대한 딱딱한 소리로 만들어달라고 주문했다. 그러나 완성된 소리를 듣더니 왠지 투박하다면서 불평했다. 결국, 모든 음을 조금씩 재조정하느라 괜히 시간만 들고 고생만 했다.

"부드러운 소리를 원한다고 했을 때에도 의심해야 해. 어떤 부드러움을 상상하는지. 정말로 부드러움을 필요로 하는지. 기술도 당연히 중요하지만 일단은 의사소통이야. 되도록 구체적으로 어떤 소리를 원하는지, 그 이미지를 제대로 확인해야 해."

물에 8분 동안 삶은 반숙 달걀인가, 11분 동안 삶은 완숙 달걀인가. 혹은 봄바람의 부드러움인가, 어치 날개의 부드러움인가.

설령 이미지를 공유하더라도 앞으로 갈 길은 멀다. 조율사의 일은 그 이미지를 부드럽게 구현하는 데 있다.

"말을 믿으면 안 된다고 해야 하나. 아니지. 말을 믿지 않으면 안 된다고 해야 하나."

혼잣말처럼 중얼거리며 야나기 씨는 높은 하늘을 올려다보았다. 푸르고 맑은 하늘 저 너머에 목표로 하는 무언가가 있는 것처럼. 그렇다면 야나기 씨보다 훨씬 아래에 있는 나는 야나기 씨보다 훨씬 더 높이 올려다봐야 한다. 한계 없는 그 지점을 노려보다가 목이 아파서 노가리낭 가로수의 빨간 열매로 시선을 돌렸다.

조율사에도 당연히 다양한 사람이 있다. 일하는 방식도 다 다르다. 야나기 씨 밑에서 배울 수 있어서 다행이다. 고객의 소리 취향을 차분하게 들어주는 야나기 씨의 방식대로 나도 조율하게 되겠지.

말은 필요 없다고 하는 사람도 있다. 좋은 소리가 좋은 것이다. 어떤 소리를 원하는지 물어보아도 정확히 표현하는 고객이 오히려 드물다. 그럴 때에는 이쪽에서 좋은 소리를 제시하면 빠르다.

대부분 그렇게 하면 만족한다. ……실제로도 그럴 것이다. 나도 어떤 소리를 좋아하는지, 어떤 소리를 원하는지, 질문을 받으면 당황할 사람 중 한 명이다. 말은 의지가 되지 않는다.

그래도 피아노 건반을 몇 개 쳐보면 알게 되는 것이 있다. 어떤 곡을 좋아하는지 귀띔만 해줘도 전달되는 것도 있다. 연주자의 나이와 피아노 실력, 해당 피아노의 특성, 피아노를 둔 방의 구조에 따라서도 선택지가 달라진다. 수많은 조각을 조합해 가장 어울리는 소리가 되도록 만들어간다.

"유형이 있어."

이렇게 말한 사람은 아키노 씨다. 40대 초반, 마른 체구이고 은테 안경을 쓴다. 그의 나이에 비해 아직 어린 딸이 하나 있고 이제 막 태어난 아들이 있다. 그래서인지 가게가 아무리 정신없이 붐벼도 정시가 되면 퇴근한다. 낮에는 조율하러 나가 있을 때가 많아서 얼굴을 마주할 기회가 거의 없다. 아키노 씨가 어떻게 조율하고 어떤 소리를 만들어내는지 나는 모른다. 가능하면 아키노 씨의 소리를 듣고 싶고 일에 대한 생각도 들어보고 싶었다.

"무슨 유형이죠?"

"고객의 유형."

가끔 아키노 씨는 사무소에서 점심을 먹는다. 어떤 기준이 있는지는 모르지만 예쁘게 포장한 도시락을 가져오는 날도 있고 안

가져오는 날도 있다. 깅엄 체크 냅킨의 매듭을 풀며 아키노 씨가 대답했다.

"대충 음정이 맞고 예쁘게 울리기만 하면 그만인 사람은 많아. 음색을 주문하는 사람이 오히려 드물지. 그러니까 주문하지 않는 유형과 주문하는 유형. 이렇게 두 가지 유형이 있어."

"그 두 가지 유형에 따라서 조율하는 방식을 바꾸나요?"

"응."

아키노 씨는 태연하게 고개를 끄덕였다.

"고객이 바라지도 않는 부분까지 열심히 한다고 해도 이득이 없으니까."

"음색을 잘 아는 고객이 하는 주문에만 대응한다는 뜻이군요."

어차피 모른다고 여겨져서 일률적인 조율만 받을 고객을 생각하니 가슴이 무거워졌다. 어쩌면 알게 될지도 모른다. 아키노 씨가 조율한 소리를 듣고 피아노에 눈을 뜰 가능성도 있지 않을까.

만약 학교 체육관에 놓인 피아노라고 해서 그때 이타도리 씨가 조율을 건성으로 했다면 나는 이 자리에 없다. 지금과는 전혀 다른, 피아노와 인연이 없는 곳에서 살고 있을 것이다.

"그리고."

아키노 씨는 도시락통 뚜껑을 열어 반찬을 확인하고 아주 잠깐 웃음을 짓더니 내게 고개를 돌렸다.

"주문에도 유형이 있잖아."

결국, 틀에 박힌 주문만 받는다는 뜻일까. 그런 주문만 계속 받는다면 너무 따분할 것 같다.

"예를 들면 포도주의 향기나 맛을 표현할 때의 유형 같은 거."

"어, 그건 어떤……. 죄송합니다. 포도주를 마셔본 적이 한 번도 없어서요."

아키노 씨는 고개를 살짝 갸웃했다.

"술 못 해?"

스무 살이니까, 설날과 가을 축제 때 제삿술을 음복한 정도다. 전문학교에 다닐 때는 실습과 과제로 바빠서 술을 마실 여유도 없었다. 이 가게에 입사해 환영회 자리에서 처음 맥주를 마셨다. 그러나 전혀 흥이 오르는 분위기가 아니었다. 차분한 분위기에서 각자 알아서 술을 마셨다. 감사하게도 신입인 나 역시 술을 강요받지 않았다.

"마셔본 적이 없어도 들어본 적은 있을 거 아니야. 포도주의 그윽한 향기라거나, 비가 갠 날의 버섯 같은 향기라거나, 벨벳처럼 부드러운 감촉이라든가."

나는 애매하게 고개를 끄덕였다.

"형용할 때 쓰는 말에 유형이 있거든. 조율도 비슷해. 고객과 대화할 때 쓰는 말에는 유형이 있어."

"그윽한 음색, 그런 거요?"

"그래. 밝은 소리, 맑은 소리. 화려한 소리라는 요청도 많지. 그때마다 일일이 생각해서 만들려면 힘들어. 밝은 소리라면 이거, 화려한 소리라면 이거. 이런 식으로 정해두는 거야. 그러면 돼."

"형용하는 유형에 맞춰 조율하는 유형을 고른다는 뜻이군요?"

"그렇지."

아키노 씨는 문어 모양으로 칼집을 낸 빨간 소시지를 젓가락으로 집었다.

"어차피 일반 가정에 조율하러 가잖아. 그 이상의 요청을 받지도 않고 받아도 의미가 없어. 오히려 지나치게 정밀도를 높여버리면."

소시지를 입에 넣고 우물거리며 아키노 씨가 이어 말했다.

"……연주하지 못하게 돼."

아무렇지 않게 한 말이었지만 어떤 반론도 할 수 없었다. 아키노 씨는 한때 피아니스트를 꿈꿨다고 들었다. 음대 피아노과에서 석사 학위까지 받고 한동안 활동도 했는데, 조율 전문학교에 재입학했다고 한다. 그런 사람이 연주를 못 하게 된다고 말한다. 물론 자기 자신이 아니라 고객 이야기일 것이다. 허무했다. 누구라도 연주하기 쉽고 연주할 수 있는 피아노가 좋다. 평범한 연주자는 완벽하게 조율된 피아노에 지고 만다.

정말로 그럴까?

진실인지 아닌지 모르겠지만, 그저 아키노 씨가 바라보는 풍경일 수도 있지만, 나는 압도되었다. 십수 년이라는 경력이 있는 조율사인 동시에 한때 피아니스트를 목표로 했던 사람이다. 내게는 보이지 않는 무언가가 보일지도 모른다.

날이 짧아졌다. 고객의 집을 나서자 벌써 해가 기울었다.

"미안하지만 오늘은 먼저 돌아가도 될까?"

주차해놓은 차 근처까지 갔을 때, 야나기 씨가 말했다.

"알겠습니다. 가방은 가게에 가져다둘게요."

"미안."

조율 도구가 담긴 가방은 무게가 상당했다. 가방이라고 부르지만 야나기 씨는 휴대용 여행 가방을 사용한다. 큰 트렁크나 서류 가방을 쓰는 사람도 있다.

"사실은 오늘, 지금부터 좀 중요한 용건이 있어서."

"그러세요."

야나기 씨가 불만스럽게 나를 보았다.

"왜 그렇게 관심이 없어. 중요한 용건이 뭔지 묻잖아, 보통."

"죄송합니다. 중요한 용건이 뭔가요?"

됐다며 입술을 삐죽이던 야나기 씨가 고개를 들었다. 눈이 웃고 있다.

"사실은."

갑자기 표정이 진지해졌다.

"여자친구한테 반지를 줄 거야."

"여자친구…… 반지……."

멍청이처럼 그 말을 반복하다가 간신히 의미를 깨달았다.

"힘내세요."

내 말에 야나기 씨가 재미있다는 표정으로 나를 보았다.

"왜 도무라가 긴장하는데?"

"죄송합니다."

고개를 숙인 나를 보며 야나기 씨가 웃었다.

"이상한 녀석이라니까."

손 인사를 하고 야나기 씨와 헤어졌다. 회사 차인 하얀 경자동차에 혼자 탔다. 황혼 무렵이라 산언저리가 분홍색으로 물들었다.

신호를 기다리는데 눈앞 건널목에 고등학생들이 무리를 지어 지나갔다. 이 근방에 고등학교가 있다. 마침 하교할 시간인가 보다. 운전대에 손을 올린 채 멍하니 앞을 보고 있는데, 발걸음을 멈춘 여고생 한 명이 시야에 들어왔다. 무심코 그쪽을 보았다. 멈춰 선 학생과 시선이 마주쳤다. 금방 알아보았다. 그 애다. 아주 매력적인 피아노를 연주했던 쌍둥이. 쌍둥이 중 어느 쪽인지 모르겠지만 앞 유리 너머로 인사를 하자, 건널목에 멈춰 선 채로 내게 말을 걸었다.

"조율하시는 분이죠?"

창을 내리고 "네" 하고 대답했다. 아직 수습이지만. 학생은 옆에 선 친구에게 무슨 말인가 속삭이더니 차로 달려왔다.

"다행이다, 이렇게 만나서. 아까 가즈네한테…… 언니한테 연락이 왔는데 라 음이 안 쳐진대요. 그런데 야나기 씨가 바쁘셔서 오늘은 오지 못한다고 하셨대요."

언니한테, 라고 하는 것을 보니 이 아이는 여동생인 유니일 것이다. 야나기 씨는 쌍둥이의 피아노를 높이 평가한다. 특히 유니의. 그런데도 오늘은 못 간다고 판단한 것일까? 아니면 전화를 받았을 사무직원 기타가와 씨가 거절했을까.

"지금 같이 가서 봐주실 수 있을까요?"

도와주고 싶은 마음은 굴뚝같았고, 무엇보다 소리가 나오지 않는 피아노를 수리하고 싶은 욕구도 컸다. 그래도 솔직히 말할 수밖에 없었다.

"죄송합니다. 저는 아직 기술이 부족해서 도움이 되지 않을 겁니다."

"아직 조율사가 아니라는 뜻인가요?"

실망이 또렷하게 섞인 말투였다.

"아니요, 조율사입니다."

하지만 혹은 그렇지만, 하고 덧붙이고 싶은 충동을 느꼈지만 꾹 삼켰다. 조율사이다. 조율사는 맞다. 변명이나 늘어놓을 상황이 아니다.

"그럼 부탁드릴게요. 꼭 봐주세요."

아이는 건널목 한가운데에 서서 힘차게 고개를 숙였다. 역시 유니다. 이 아이는 이 아이가 연주하는 피아노와 닮았다.

"확인해보겠습니다. 잠깐만 기다려주세요."

신호가 바뀌려고 했다. 파란불이 되기를 기다려 건널목을 지나 갓길에 차를 댔다. 가게에 연락해 전화를 받은 기타가와 씨에게 간략하게 상황을 설명했다.

"제가 가도 괜찮을까요?"

기타가와 씨는 흔쾌히 대답했다.

"괜찮지 않겠어?"

"그럼 다녀오겠습니다. 무슨 일이 있으면 다시 연락할게요."

"야나기한테 연락해둘게. 오늘 중요한 일이 있다고 들었어. 그래서 조율은 내일 할 수 있을 것 같다고 손님한테 내가 말씀드렸거든."

"알겠습니다. 잘 부탁합니다."

역시 기타가와 씨가 거절했나 보다.

여자친구에게 반지를 주는 것이 어느 정도의 사건인지 상상이
되지 않았다. 그냥 하는 말이 아니라 정말로 상상할 수 없었다. 여
자친구에게 반지를 준다. 간단하게 들리면서도 내게는 그런 순간
이 영원히 오지 않을 것 같았다. 그래도 야나기 씨라면 왠지 소리
가 나지 않는 건반을 먼저 수리한 후에 여자친구를 만나러 갈 것
이라는 생각이 들었다. 그저 내 바람일지도 모르지만.

전화를 끊자, 유니는 이미 친구들과 헤어져 나를 기다리고 있
었다.

"타고 가시겠습니까?"

왼쪽 창을 내리고 말하자 유니는 냉큼 조수석에 올라탔다.

"뒤에 타세요. 그래야 안전합니다."

"가까우니까 여기도 괜찮아요. 뒤에는 짐도 쌓여 있고."

그러고 보니 두 사람분의 조율 도구가 뒷좌석에 있다. 나는 천
천히 차를 몰았다. 유니는 안전띠를 매며 뒷좌석을 돌아보았다.

"어, 뭐가 떨어져 있어요."

뭐지? 차에서 가방을 열지는 않으니까 조율 도구일 리는 없다.

"작고 예쁘장한 상자."

짐작이 가지 않아 입을 다물고 있었다.

"리본이 묶여 있어요."

유니의 목소리가 들떠 있었다.

"꼭 반지 상자 같아요."

"어라."

마침 신호에 또 걸렸다. 사이드브레이크를 내리고 뒷좌석을 돌아보았다. 정말이었다. 포장된 자그마한 상자가 좌석 아래에서 굴러다니고 있었다. 야나기 씨가 떨어뜨린 것이 분명했다. 전해주려던 반지를 잃어버린 야나기 씨는 지금쯤 어쩌고 있을까. 그래도 건널목에서 말을 걸 때에는 긴장한 상태였던 유니의 얼굴이 반지 덕분에 부드러워지는 것을 보고, 나는 내심 야나기 씨에게 감사했다. 손을 뻗어 상자를 주워 대시보드 위에 올려놓았다. 앞 유리에 심홍색 리본이 꽃처럼 비쳤다.

유니의 집은 금방이었다.

"다녀왔습니다! 조율사분을 모시고 왔어!"

유니의 목소리에 쌍둥이 언니인 가즈네가 안방에서 나왔다.

"다행이다!"

"오늘은 못 치는 줄 알고 애간장이 타서 밤에 잠도 못 잘 뻔했는데, 그렇지?"

"응, 애간장이 탔어. 맞아."

애간장이 탄다는 것이 어떤 심정인지 잘 모르겠지만 그 정도로 큰일이었나 보다.

얼른 피아노 뚜껑을 열어 확인했다. 끝에서부터 순서대로 쳐보니 돌아오지 않는 건반이 있었다.

"아아, 이건."

내가 중얼거리자, 쌍둥이가 거의 동시에 말했다.

"고칠 수 있나요?"

"고칠 수 있죠?"

"고칠 수 있습니다."

건반과 해머를 연결하는 플랜지가 뻑뻑해졌을 뿐이다. 조금만 조정하면 원래대로 돌아온다.

"이 계절에는 습도를 조심하셔야 해요."

피아노는 나무로 만들어진 정밀한 악기다. 조율사라면 모두 습도를 조심하라고 주입식 교육을 받는다. 전문학교에서도 누누이 그 말을 들었다. 혼슈에 있는 전문학교에서는 가을과 겨울철에 습기를 조심하라고 가르쳤다. 습도가 높으면 나무가 팽창한다. 나사가 헐거워진다. 철이 녹슨다. 소리가 순식간에 변해버린다. 그러나 여기에서는 다르다. 습도로 소리가 변하는 것은 똑같지만 이곳에서 가을과 겨울철에 주의해야 할 것은 건조함이다. 낮은 습도도 피아노에 위험하다.

"고맙습니다."

쌍둥이의 목소리가 겹쳤다.

"아마 이제 괜찮을 겁니다."

시험 삼아 건반을 쳐보자 해머가 자연스럽게 올라왔다. 간단한 작업이었다.

"조금 쳐봐도 괜찮을까요?"

"물론입니다."

유니가 피아노 앞의 의자에 앉았다. 가즈네도 앉았다. 아아, 그래서 의자가 두 개였다고 깨달을 여유도 없이 연탄連彈이 시작되었다.

소리 입자가 팡 퍼졌다. 뱅글뱅글 반복하는 곡이었다. 무슨 곡인지는 모른다. 하지만 쌍둥이는 생기 넘쳤다. 새까만 눈동자에서도, 달아오른 뺨에서도, 어깨까지 늘어뜨린 머리카락 끝에서도 살아 있는 에너지가 피어오르는 것 같았다. 그 에너지를 손끝에서 변환해 피아노에 쏟아붓는다. 그것이 음악으로 다시 태어난다. 분명 악보가 있을 테고 거기에 필요한 음표가 적혀 있겠지만 연주되는 곡은 온전히 쌍둥이의 것이었다. 지금 이 자리에서 듣고 있는 나를 위한 것이었다.

"대단합니다."

힘을 주어 박수를 보냈다.

대단하다는 말이나 박수, 나는 겨우 이런 소리밖에 내지 못해서 안타까웠다. 이런 말은, 이런 박수는, 지금 둘의 연주를 칭송하기에 부족하다.

"고맙습니다."

둘은 방싯방싯 웃으며 인사했다.

"이렇게까지 좋아해주시는 건 처음이야."

"응, 처음이야. 그렇지?"

"응."

그럴 리 없다. 그럴 리가 없다. 둘 다 겸손하다.

"진짜 기쁘다."

"맞아."

쌍둥이 중 한쪽은 양손을 뺨에 대고, 다른 한쪽은 한 손으로 머리를 긁적였다. 이제 누가 누군지 구분이 되었다.

"그럼 저는 이만."

돌아가려고 했는데 쌍둥이가 나를 붙잡았다.

"건조한 탓일까요? 음정이 평소보다 전체적으로 약간 올라간 것 같아요."

"미묘하게 기분이 나빠요."

입을 모아 말했다. 사실 조금 마음에 걸리는 부분이 있었다. 그렇다고 이상할 정도는 아니었다. 건드리지 않아도 괜찮을 것이다. 건드릴 사람은 내가 아니다. 야나기 씨이다.

그런데도 마가 끼었다고밖에 할 수 없었다. 지금 들은 연탄곡으로 가슴이 완벽하게 달아오르고 말았다. 가능하지 않을까. 미묘한 어긋남을 고치기만 하면 된다. 쌍둥이가 더 기분 좋게 피아노를 연주할 수 있도록.

피아노는 한 대 한 대 다르다. 잘 알고 있다고 생각했는데 전혀 몰랐다. 처음 만지는 피아노. 너무 건조한 방. 덥지 않은데 땀이 흘렀다. 긴장하지 않았는데 손가락이 떨렸다. 조금만 돌리면 될 핀을 지나치게 돌려버렸다. 원래대로 돌리려다가 손가락이 미끄러졌다. 평소라면 어렵지 않게 해낼 작업에 터무니없이 시간이 오래 걸렸다. 조금만 더, 조금만 더, 생각하면서도 바라지 않은 쪽으로 소리가 비틀어지고 있다는 것을 알았다. 입자가 도무지 모이지 않았다. 하면 할수록 어긋났고 초조해져서 음파를 더더욱 붙잡지 못했다. 시간만 점점 흘러 식은땀이 잔뜩 배어 나왔다. 지금까지 배운 것도, 가게에서 매일 연습한 것도, 어딘가로 날아가버렸다.

그때, 가슴주머니에 넣어둔 휴대전화가 울렸다. 피아노에서 손을 떼고 전화기의 화면을 보았다. 야나기 씨였다. 지금 가장 전화를 걸지 않았으면 하는 상대이며 가장 전화를 해줬으면 하는 상대이기도 했다.

"미안해. 난데. 반지……."

"있습니다."

틈을 주지 않고 대답했다.

"아아, 다행이다. 죽는 줄 알았네."

그러더니 야나기 씨는 의문형으로 말했다.

"응? 왜 그래, 도무라. 무슨 일 있어?"

텔레파시인가. 이쪽의 분위기가 전해졌으리라. 체념했다.

"야나기 씨, 죄송합니다. 내일 아침 일찍, 조율을 한 건 해주셨으면 해요."

기력을 잔뜩 짜내 전화 너머의 야나기 씨에게 고개를 숙였다.

"사쿠라 씨 댁에서 지금 피아노를 보고 있는데, 만지다가 오히려 망쳐버려서."

야나기 씨는 3초쯤 침묵하다가 "알았어" 하고 대답했다.

한심했다. 그 이상으로 면목이 없었다. 어떻게든 오늘 꼭 연주하고 싶어서 나를 발견하고 데려왔는데 결과적으로 내가 망치고 말았다. 쌍둥이에게 면목이 없었다. 오늘은 이제 피아노를 치지 못한다. 야나기 씨에게도 면목이 없었다. 가게에도 면목이 없었다. 멋대로 만지고 멋대로 망쳤으니 내일 조율을 다시 해도 대금을 받지 못할 것이다.

"그래도."

쌍둥이 중 한 명이 말했다. 가만히 입을 다물고 방 한쪽에서 나를 지켜보고 있었다. 아마 유니일 것이다. 자박자박 피아노 곁으로 다가왔다.

"이 소리, 정말 좋아요."

도롱. 유니가 친 기준 음인 라는 내 불안과 달리 맑고 밝았다.

"그리고 이 소리에 맞추려고 한 이 소리도. 봐요, 좋은걸요."

다랑. 옆의 건반을 쳤다. 도롱, 다랑. 그 옆도, 그 옆도.

"건방지게 들리실 수도 있지만 어떤 소리를 만들려고 하셨는지 충분히 이해했어요. 우아한 소리예요. 제가 원하던 소리라고 생각해요. 그러니까 잘되지 않았어도 전혀 싫지 않아요. 아마 조금 더, 아주 조금만 더 하면 됐을 거예요."

가즈네도 말했다.

"저도 그렇게 생각해요. 아무리 소리가 잘 정돈되었더라도 전혀 맑지 않은 소리로 맞춰졌다면 실망했을 거예요. 이렇게 도전하는 소리, 저도 좋아해요."

도전이라. 나는 무엇에 도전하려고 했을까. 입술을 깨물 수밖에 없었다. 도전 따위 하지 않았다. 그저 주제를 몰랐을 뿐이다.

"죄송합니다."

고개를 숙였을 때, 나도 모르게 눈물이 흐를 것 같았다.

"내일 아침에 야나기 씨가…… 평소 방문하는 조율사가 올 겁니다. 정말 죄송합니다."

"아니에요, 제가 억지로 부탁했잖아요."

다시 한 번 사죄하고 방을 나섰다. 가방이 유난히 무거웠다. 완벽할 정도로 형편없었다. 아키노 씨의 사상을 두고 이러쿵저러쿵하기에 나는 백 년은 일렀다.

맨션을 나와 주차장으로 향했다. 하얀 경자동차가, 대시보드에 반지를 올리고 세워져 있었다.

밤이 되어 기온이 급격히 떨어졌다. 앞 유리가 흐릿했다. 천천히 운전하면서, 다른 차들이 울려대는 경적을 몇 번이나 들으며 돌아왔다.

가게에 돌아와 보니 1층 셔터는 내려졌지만 2층에 아직 불이 들어와 있었다. 그렇게 늦은 시간은 아니었지만 피아노 교실의 수업이 없는 요일에는 여섯 시 반이면 가게를 닫는다. 사람이 남아 있지 않기를 바랐다.

출입구로 들어가 2층으로 올라갔다. 들고 있는 가방 두 개가 무거웠다. 아무도 없기를 기대하며 문을 열었는데 하필이면 오늘 이타도리 씨가 있었다. 출장을 나갔다가 지금 막 돌아왔는지 외출용 재킷을 입고 있었다. 얼굴을 제대로 볼 수 없었다. 그렇게 동경했는데. 이타도리 씨에게 배우고 싶은 것이 정말 많았는데. 내 기술은 미숙한 영역에도 도달하지 못했다. 이타도리 씨에게 가르침을 받을 것은 무엇 하나 없으리라.

"고생했습니다."

다정하게 건네는 말에 "아닙니다"라고 대답할 수밖에 없었다. 더 말하면 감정이 무너질 것 같았다.

"무슨 일이 있었나요?"

"이타도리 씨."

떨리는 목소리를 억제했다.

"조율은 어떻게 해야 잘할 수 있나요?"

물어본 뒤에 바로 어리석은 질문이라고 자조했다. 잘하기는커녕 조율의 기본조차 갖추지 못했다. 반년 동안은 선배 곁에서 보고 배운다. 그런 규칙이 있는데 내 멋대로 망쳐버렸다. 조금만 더 가면 됐을 시점에서 뒤를 돌아보아서 죽은 아내를 명계冥界로 되돌려보낸 오르페우스 신화가 떠올랐다. 정말로 아주 조금만 더 가면 됐을까? 가까워 보이지만 사실은 끝도 없이 멀었을 것이다.

"글쎄요."

이타도리 씨는 골똘히 생각하는 표정이었지만, 실제로 생각에 잠긴 것인지는 알 수 없었다. 이타도리 씨가 만들었던 소리가 문득 떠올랐다. 처음 들은 피아노 소리. 나는 그 소리를 갈망하며 여기에 왔다. 그때보다 그 소리에 조금도 가까워지지 못했다. 어쩌면 앞으로도 계속 가까워지지 못할지 모른다. 처음으로 두렵다고 생각했다. 울창한 숲에 발을 들인 공포였다.

"대체 어떻게 하면."

내가 다시 말을 꺼내려는데 이타도리 씨가 튜닝 해머를 내밀었다. 튜닝 핀을 조이거나 풀 때 쓰는 해머이다.

"혹시 괜찮다면 이걸 사용하지 않겠습니까?"

그가 내민 해머 자루를 잡았다. 들어보니 무게는 꽤 나가는데 손에 착 감겼다.

"축하 선물입니다."

축하라는 단어의 의미가 무엇인지 생각하느라 나는 아마 의아한 표정을 지었을 것이다.

"해머, 필요 없나요?"

그 질문에는 생각할 겨를 없이 필요하다고 대답했다. 숲은 깊다. 그래도 절대 되돌아갈 마음이 없는 나를 잘 안다.

"사용하기 편리해 보여요."

"실제로도 사용하기 편합니다. 괜찮다면 쓰세요. 내가 주는 축하 선물입니다."

이타도리 씨가 온화하게 말했다.

"무슨 축하 선물인가요?"

이런 날에. 내가 기억하는 한 내 인생에서 가장 형편없는 날에.

"도무라 군의 얼굴을 보니까 왠지 주고 싶어요. 아마 지금부터 시작일 겁니다. 축하해도 될 일이죠."

"고맙습니다."

대답하는 말끝이 흔들렸다. 이타도리 씨가 나를 격려해주고 있다. 숲 입구에 선 내게 걸음을 옮겨도 된다고 말해주었다.

이타도리 씨가 사용하는 해머를 한 번쯤 손에 들어보고 싶었다. 도구를 손질하는 모습을 몇 번이나 몰래 지켜보았다. 어떤 도구를 사용하는지, 도구를 어떻게 사용하면 그런 소리를 만들 수 있는지, 알고 싶어서 견딜 수 없었다. 설마 이런 타이밍에 그 도구를 받을 줄은 몰랐다.

"이타도리 씨, 질문이 하나 있어요."

나는 튜닝 해머를 오른손에 꼭 쥔 채 물었다.

"이타도리 씨는 어떤 소리를 목표로 하시나요?"

지금껏 꾹꾹 참았던 질문이었다. 물어보고 싶었지만 말로 물어보면 안 된다고 생각했다. 이타도리 씨가 만드는 소리를 들으며 말에 의존하지 않고, 그저 목표로 삼을 수밖에 없다고 생각해왔다. 그런데 어째서 지금 물어봤을까. 잘 모르겠다. 욕망일까? 체면 따위 무릅쓰고, 숲을 걸어가기 위한 사소한 힌트라도 갈망하는 걸까.

"목표로 하는 소리라."

이타도리 씨는 언제나 그렇듯이 온화한 표정이었다.

목표로 하는 소리는 사람에 따라 제각각이다. 일괄적으로 말할 수 없다. 그 피아노를 연주할 사람의 취향에 맞춘다. 연주의 목적에 따라서도 달라진다……. 내가 물어봤으면서 미리 이타도리 씨의 답변을 예상했다. 이왕이면 구체적이지 않은 대답을 원했다. 정말로 내가 오직 그 소리만을 목표로 하지 않도록.

"도무라 군은 하라 다미키를 아나요?"

하라 다미키. 들어본 기억은 있다. 분명히 조율사는 아니다. 연주자였나…….

"그 사람이 이렇게 말했습니다."

이타도리 씨가 가볍게 헛기침했다.

"밝고 조용하고 맑고 그리운 문체, 조금은 응석을 부리는 것 같으면서 엄격하고 깊은 것을 담고 있는 문체, 꿈처럼 아름답지만 현실처럼 분명한 문체."

문체라니, 무슨 말을 하는지 이해하지 못했다. 그러다가 바로 떠올렸다.

하라 다미키(原民喜, 1905~1951, 일본의 시인이자 소설가. 1945년 8월 6일, 히로시마에 원폭이 투하되었을 때 피폭당했다. 그때의 참상을 기록한 시 〈원자폭탄〉, 단편소설 〈여름의 꽃〉 등이 유명하다-옮긴이). 소설가다. 고등학교 현대국어 시간에 문학사를 배우면서 들은 이름이다.

"하라 다미키가 그런 문체를 동경한다고 쓴 글을 읽은 적이 있는데 황홀했습니다. 내가 이상으로 삼는 소리를 그대로 표현해준 것 같았죠."

문체를 소리로 바꾸면 될까.

"죄송합니다, 한 번만 더 말씀해주세요."

한 번만 더 자세히 듣고 싶었다.

"딱 한 번만입니다."

이타도리 씨가 구깃구깃한 재킷을 걸친 등을 쭉 폈다. 다시 가볍게 헛기침을 했다.

"밝고 조용하고 맑고 그리운 문체, 조금은 응석을 부리는 것 같으면서 엄격하고 깊은 것을 담고 있는 문체, 꿈처럼 아름답지만 현실처럼 분명한 문체."

아아, 과연. 정말 그렇다. 밝고 조용하고 맑고 그립다. 응석을 부리는 것 같으면서 엄격하고 깊은 것을 담고 있다. 꿈처럼 아름답지만 현실처럼 분명한 소리.

그것이 이타도리 씨가 만들어내는 소리이다. 내 세계를 바꾼 소리이다. 나는 그 소리를 동경해서 여기에 있다. 고등학교 체육관에서 이타도리 씨의 소리를 들은 이후, 고등학교를 졸업하기까지 1년 반, 조율사 학교에 다닌 2년, 이 가게에 취직하고 반년. 총 4년을 투자해서 간신히 지금 여기에 있다. 여기에서부터 갈 수밖에 없다. 아무것도 없는 곳에서부터 초조해하지 말고 차근차근.

"어라."

이타도리 씨가 문 쪽으로 시선을 주었다. 동시에 문이 열리고 야나기 씨가 들어왔다.

"야나기 씨."

화가 난 표정으로 성큼성큼 걸어오더니 내가 들고 온 조율 가방의 손잡이를 쥐었다.

"가자."

어디에 가는지 물을 뻔했다. 대답은 알고 있다. 허둥지둥 내 조율 가방을 들었다.

"그런데 야나기 씨, 오늘은 중요한 용건이……."

말을 다 하기도 전에 가로막혔다.

"어차피 반지를 두고 갔잖아. 그거 가지러 왔어. 다시 여자친구에게 돌아갈 거야. 그러니까 그 전에 후다닥 마쳐버리자고."

후다닥 마칠 일이 아니다. 야나기 씨도 잘 알고 있다.

"죄송합니다."

"처음에는 누구나 당황해. 어쩔 수 없어. 도무라는 조금 일찍 경험했을 뿐이야."

그렇게 대답하더니 이타도리 씨에게 "그럼 먼저 가보겠습니다" 하고 인사했다. 바로 퇴근할 예정이었는데, 중요한 용건이 있는 밤인데.

오른손에 가방을 들고 왼손에 해머를 쥐고, 야나기 씨를 따라

갔다. 인사를 하려고 돌아보니 이타도리 씨는 재킷 단추를 풀고 소매를 걷은 채 조율 도구를 열심히 닦고 있었다.

펠트로 만든 해머 끝을 바늘로 한두 번 찔렀다.

신중하면서도 망설임 없이 몇 번쯤 더 찌른 뒤, 야나기 씨는 솜씨 좋게 해머 하나를 원래 있던 위치로 되돌려 놓았다. 그리고 옆의 해머로 옮겨갔다. 한 번, 두 번, 세 번. 나는 옆에서 횟수를 헤아렸지만, 횟수가 중요하지 않다는 것쯤은 안다. 바늘로 찌르는 위치, 방향, 각도, 깊이. 이런 중요한 포인트를 감각으로 파악해야 한다.

오늘 의뢰인은 오래된 피아노를 다시 한 번 연주하고 싶다고 요청했다. 오랫동안 손을 보지 않았다며 민망해했는데, 그래도 외관은 깔끔하게 닦아두어서 격조 있는 오래된 집에 차분히 어울렸다. 이제는 존재하지 않는 일본 업체가 만든 업라이트 피아노였다. 아무도 연주하지 않아서 조율도 하지 않았지만, 매일 청소할 때마다 먼지를 털고 가끔은 소중하게 닦기도 했을 것이다. 사람의 손길을 탄 피아노는 윤기를 내며 서 있었다.

야나기 씨와 내가 방문했을 때, 의뢰인인 연배 있는 여성은 머뭇거리며 물었다.

"이 피아노, 원래대로 돌아올까요?"

야나기 씨는 고개를 끄덕이며 약속했다.

"할 수 있는 모든 것을 하겠습니다."

원래대로 돌아올 수 있다고 약속하지는 않았다. 할 수 있는 모든 것을 하겠다고 약속했다. 피아노를 열어 상태를 확인하지 않는 한, 돌아올 수 있을지 없을지 모른다. 외관으로는 상상하지 못할 정도로 심각한 상태라면 조율로 끝이 아니라 대규모 수리가 필요할 수도 있다.

그래도 의뢰인은 야나기 씨의 대답에 만족했다. 피아노 열쇠 구멍에 놋쇠 열쇠를 꽂고 찰칵 돌렸다.

약간 노르스름해진 상아 건반이었다. 야나기 씨는 건반을 여기저기 눌러보았다. 막힌 소리가 났다. 음정도 상당히 어긋났다. 그래도 상상했던 정도는 아니었다. 야나기 씨는 양손으로 2옥타브쯤 눌러본 뒤, 의뢰인이 보는 앞에서 빠른 손놀림으로 나사를 풀고 전면 판을 열어 바닥에 내려놓았다. 현과 해머 상태를 확인하고 웃으며 돌아보았다.

"원래대로 돌릴 수 있을지 물어보셨죠?"

야나기 씨가 다정한 말투로 묻자 의뢰인은 그렇다고 대답했다.

"피아노의 상태는 괜찮습니다. 원래의 소리가 나도록 반드시 되돌릴 수 있습니다. 하지만 조금만 더 손을 보면 아마 예전에 연주하셨을 때보다 훨씬 더 좋은 소리를 낼 수 있을 겁니다."

이렇게 말하고 덧붙였다.

"물론 손님이 원하시는 대로 하겠습니다. 원래대로 되돌리는 데 중점을 둘 것인지, 기존 소리에 얽매이지 않고 새롭게 좋아하는 음색을 찾을 것인지요."

의뢰인은 백발이 섞인 머리카락을 손으로 만지며 잠깐 동안 고민했다.

"어느 쪽이든 괜찮나요?"

의뢰인이 재차 조심스럽게 물었다.

"정말 어느 쪽이든 괜찮은 거죠?"

"네, 물론입니다. 손님께서 좋아하는 소리가 최고니까요."

야나기 씨가 대답하자 의뢰인은 겨우 안심한 것처럼 웃었다.

"그럼 원래대로 해주셨으면 해요."

알겠다고 대답한 야나기 씨는 문득 생각난 듯이 물었다.

"이 피아노는 누가 연주하셨나요?"

"딸이요. 실력이 영 늘지 않더니 결국 손을 대지 않더라고요. 나도 바깥양반도 피아노를 잘 모르니까 어쩔 수 없었어요."

의뢰인이 차분한 말투로 말했다.

"딸이 피아노를 치는 동안에도 제대로 손을 봐주지 못했어요.

이 피아노, 본래 지닌 실력을 발휘하지 못했겠어요. 더 좋은 소리를 낼 수 있다고 말씀하셨는데도 저는 예전 상태를 원하니, 이거 피아노에게 미안해서 어쩌죠."

절대 그렇지 않다는 뜻을 전하고 싶어서 나도 야나기 씨 뒤에서 고개를 저었다. 어떤 소리를 원하는지는 사람에 따라 다르다. 따님이 연주하던 그때 그 음색을 재연하기를 원하는 심리를 나도 알 것 같다.

"그럼 지금부터 작업을 시작하겠습니다. 두 시간에서 세 시간 정도 걸릴 테니까 불편하게 생각하지 마시고 평소처럼 편하게 계세요. 궁금한 것이 생기면 말씀드리겠습니다."

야나기 씨가 묵례했고 나도 옆에서 고개를 숙였다.

의뢰인이 피아노 앞을 떠나자 야나기 씨는 바로 작업을 시작했다. 평소처럼 소리를 정돈하는 조율에 더해 이번에는 정음整音도 한다. 피아노의 음색을 만드는 작업이다.

나란히 늘어선 해머를 틀까지 떼어냈다. 건반을 두드리면, 이 해머가 연동해서 수직으로 뻗은 현을 쳐 소리를 내는 구조다. 해머는 양털을 굳힌 펠트로 만드는데, 너무 딱딱해도 또 너무 부드러워도 좋지 않다. 딱딱하면 쇳소리가 나고 부드러우면 힘 빠진 소리가 난다. 해머 상태를 조정하려면 눈이 촘촘한 줄로 갈거나 바늘로 찔러 탄력성을 높여주어야 하는데, 이런 작업이 정음의 관건이다.

이 작업이 핵심이다. 결정권을 쥔만큼 어렵다. 줄로 가는 것도, 바늘로 찌르는 것도 아주 근소한 가늠으로 이뤄진다. 갈고 찔러야 할 특정 포인트와 어느 정도 할지는 손으로 배울 수밖에 없다. 만들고자 하는 소리의 이미지에 맞춰 하나하나 상태가 다른 피아노의, 역시 하나하나 상태가 다른 해머를 줄로 갈고 펠트를 바늘로 찌른다. 시간과 노력이 드는 작업이다. 손길이 어긋나면 그 해머는 망가진다. 피곤하겠다고 생각하는 반면에 재미있겠다는 생각도 들었다.

야나기 씨의 손을 바라보며 언젠가 나도 소리를 만들 수 있기를 바랐다. 피아노의 개성을 파악하고, 연주하는 사람의 특성을 고려해 취향을 물어보며 소리를 만든다.

야나기 씨의 정음은 시원시원했다. 현란한 방향으로 치우치지 않고, 전체를 가뿐한 소리로 정돈해갔다. 어쩌면 조율사의 인격 역시 소리에 영향을 미칠지도 모르겠다.

"아아, 정말 좋아요."

의뢰인이 조율을 마친 피아노 소리를 듣고 웃음을 지었다.

"피아노 소리가 돌아오니까 방이 밝아진 것만 같네요."

의뢰인이 기뻐하면 우리도 기쁘다. 물론 내 공적은 아니지만. 피아노 소리가 좋아졌을 뿐인데 사람이 기뻐하는 것은 길가에 핀

꽃을 보고 느끼는 기쁨과 그 근원이 같지 않을까. 나의 피아노이든 주인 없는 꽃이든 구별 없이, 아름다운 것을 좋아하는 감정은 순수한 기쁨이다. 그런 기쁨과 연결되기에 우리가 하는 일이 매력적이다.

"바늘로 여러 번 찌르셨죠."

가게로 돌아가는 차 안에서 질문했다. 야나기 씨는 조금 피곤해 보였다. 조수석에 축 기대어 앉아 있었다. 세 시간 가까이 집중했으니 당연하다.

"오랫동안 손을 보지 않은 만큼, 많이 찌른 건가요?"

피곤한 상태라는 것을 알아서 질문하기 미안했다. 그래도 물어볼 수밖에 없었다. 운전대를 쥐고 있지만 사실은 메모하고 싶었다. 나는 야나기 씨에게 얼마나 많은 것을 배우고 있을까.

"원래 소리로 되돌리려고 하신 거죠? 그럼 해머에 찌른 흔적이 잔뜩 있었다는 뜻인가요? 그냥 보기에는 잘 모르겠던데 만지면 감촉으로 알 수 있나요?"

야나기 씨는 아니라고 대답하며 기대어 앉은 채로 눈만 움직여 나를 보았다.

"그 해머 헤드, 바늘로 찌른 흔적이 전혀 없었어. 오래된 건데 완전히 새 제품 같더라. 예전 조율사는 바늘을 쓰지 않는 사람이었나 봐."

"아."

바늘로 찌를 것인가 말 것인가, 이 문제는 조율사의 생각에 따라 크게 차이가 난다. 날카로운 쇳소리가 나는 새 제품을 바늘로 찌르면 부드럽고 풍부한 소리를 키울 수 있다. 단, 정확한 위치를 찌르지 않으면 좋은 소리가 나지 않고 음질이 떨어진다. 힘은 힘대로 드는데 위험 부담도 있어서 바늘을 아예 쓰지 않는 조율사도 많다.

"그럼 아까 피아노 해머를 바늘로 여러 번 찌른 이유는 뭐죠?"

"그래야 좋은 소리가 난다고 판단했으니까."

놀라서 야나기 씨를 보았지만 그는 아무렇지 않게 대답했다.

"그대로 내버려두기에는 아까운 피아노였어. 소리를 내게 해줘야지."

"그러면 원래 소리와는 달라지잖아요."

"단순히 소리만 끄집어내서 비교하면 다를 거야."

하지만 의뢰인은 '원래대로 되돌린다'를 선택했을 텐데.

"원래 갖고 있던 소리라는 게 문제야. 고객의 기억 속에 있는 소리보다 기억 그 자체가 소중하지 않을까? 어린 딸이 피아노를 연주하던 행복한 기억."

마냥 행복했다고 할 수는 없을 것이다. 그래도 불행한 기억만 가득했다면 일부러 피아노를 그때 그 소리로 되돌리려고 하지는 않았겠지.

"아까 의뢰인은 충실하게 과거를 재현하는 피아노가 아니라 행복한 기억을 원했어. 어차피 예전의 그 소리는 이제 어디에도 존재하지 않아. 그렇다면 그 피아노가 본래 지닌 소리를 내는 것이 정답이라고 나는 생각했어. 부드러운 소리가 나면 기억도 따라올 테니까."

운전대를 쥐고 앞을 응시한 채, 아무 대답도 하지 못했다. 그런 해결이 괜찮은지 아닌지, 나는 모르겠다. 나라면 어떻게 했을까? 의뢰에 따라 원래대로 되돌리는 것을 최우선으로 하지 않았을까. 그러나 원래 상태를 존중한 나머지 본래 지닌 풍만한 소리를 되살릴 기회를 멀뚱멀뚱 놓친다면…… 생각만 해도 괴롭다.

그렇다, 의뢰인이 정한 범위 내에서만 일한다면 분명 괴로울 것이다. 의뢰인의 머릿속 이미지를 구현해내는 일, 조율사라는 직업의 진정한 묘미는 그 너머에 있는 것이 아닐까.

"좋은 해머였어."

야나기 씨의 목소리가 밝았다.

"저도 그렇게 생각했어요. 딱딱하게 굳었는데도 양털 감촉이 남아 있었죠."

양털 해머로 강철 현을 때린다. 그것이 음악이 된다. 야나기 씨가 촘촘하게 바늘로 찌른 그 하얀 해머는 오래되었고 크기가 작았지만 제 역할을 톡톡히 해낼 것이다.

"중동의 어느 나라에서는 양이 풍요의 상징이라고 들었어요."

야나기 씨는 양손을 깍지 껴 베개처럼 뒤통수에 댔다.

"유복한 사람이 양을 많이 소유했을 테니까 그냥 하는 이야기 아닐까?"

"아아."

양 목장을 가까이에서 보고 자란 나도 무의식중에 가축을 화폐 가치에 비춰보는 면이 있다. 그래도 지금 이렇게 양을 생각하면 바람이 부는 초록 들판에서 양들이 한가로이 풀을 뜯는 풍경이 떠오른다. 좋은 양이 좋은 소리를 만든다. 나는 거기에서 풍요로움을 느낀다. 같은 시대, 같은 나라에 살아도 풍요로움이라는 말에 고층 빌딩이 하늘을 찌르는 거리 풍경을 떠올리는 사람도 분명 있을 것이다.

쌍둥이가 종종 가게에 놀러 왔다. 둘이 같이 오기도 하고 한 명만 오기도 했다. 대체로 학교가 끝난 시간에 나타나 서적 코너에서 악보를 뒤적이거나 피아노 관련 책을 본다. 가게가 마침 학교와 집 사이에 있어서 들르기 편한가 보다.

쌍둥이의 집에서 피아노 조율에 실패한 사건 이후, 둘은 내게 친밀감을 느끼는 것 같았다. 특별한 용건도 없어 보이는데 우연히 마주치면 피아노나 학교 이야기를 소소히 하다가 웃으며 돌아갔다.

"일하시느라 바쁘신데 방해해서 죄송해요."

꾸벅 고개를 숙이는 모습이 귀엽다고 기타가와 씨가 말했다.

"여고생이 있는 집의 조율사는 좋겠어."

그 집의 조율사는 엄밀히 말해 야나기 씨다. 나는 야나기 씨의 보조로 갔을 뿐이다. 게다가 실패했다.

오늘은 드물게도 접수처에서 호출을 받았다. 내려가보니 쌍둥이가 있었다. 정확하게는 쌍둥이 중 한 명이다. 겉모습만으로는 구별이 어려웠다. 나를 보고 진지하게 인사했다.

"안녕하세요. 일하시는 중에 찾아와서 죄송해요."

"아닙니다."

가즈네였다. 이렇게 성실한 표정은 가즈네다. 가즈네는 미안하다면서 고개를 숙였다.

"맨날 제 마음대로 찾아와서 정말 죄송해요."

"아니, 전혀요. 괜찮습니다. 무슨 일이 있었나요?"

내가 문자 입술을 꼭 오므렸다.

"도무라 씨라면 이야기를 들어주실 것 같아서요. 죄송해요."

또다시 사과한 뒤에 가즈네가 말을 꺼냈다.

"이제 곧 피아노 발표회가 있어요."

"그렇군요."

"유니가 말하지 않았나요?"

며칠 전에 유니가 왔었지만 그런 이야기는 하지 않았다. 내가 고개를 젓자 가즈네는 시선을 내리깔았다.

"예전부터 그랬어요. 유니는 워낙 과감해서 발표회고 뭐고 전혀 신경도 쓰지 않았죠. 아마 즐거우면 그만이라고 생각해서 자유분방하게 연주하니까 정말로 즐거운 피아노를 칠 수 있는 거겠죠. 연습도 하기 싫은 날은 안 해요. 저는 그러지 못하는 성격이어서 저도 모르게 연습을 해버리고요."

"대단하네요."

"유니는 대단해요."

가즈네가 고개를 끄덕이며 응수했다.

"저는 가즈네 씨가 대단하다고 생각해요."

내가 솔직한 감상을 말했다.

"대단하지 않아요."

하지만 가즈네는 즉시 부정했다.

연습이 저도 모르게 할 수 있는 것일까? 나는 피아노에 소양이 없으니까 실제로 어떨지는 잘 모르지만 무의식중에 연습을 해버리는 수준이라면 정말 대단한 것 아닐까?

"연습은 좋아요. 지금까지 치지 못했던 곡을 잘 치게 되면 기쁘고요. 집에서 연습하면 가족도 피아노 선생님도 저를 칭찬해주시기도 하고요."

가즈네가 담담하게 말했다. 일부러 겸손하게 구는 느낌이 아니었다. 칭찬은 해주시지만 그게 무슨 의미가 있나요? 아마 가즈네는 이렇게 생각하고 있는 모양이다. 어쩌면 그 생각이 옳을지도 모른다. 칭찬을 받기 위해 피아노를 치는 것은 아니니까.

"그렇지만 실전 무대에 서면 역시 유니예요. 유니가 훨씬 훌륭하게 연주하죠. 연습할 때는 제가 더 좋았는데 발표회나 소규모 콩쿠르에 나가면 유니가 더 많은 박수를 받아요."

조금은 이해하겠다. 유니의 피아노는 알기 쉬운 감동을 준다.

불현듯 두 살 어린 내 남동생이 떠올랐다. 집에서 장기를 두면 늘 내가 더 잘 두는데 마을 대회에 나가면 내가 졌다. 그렇다고 집에서 나를 봐준 것은 아니다. 단순히 실전에 강하거나 승부 운이 따르는 그런 사람이 현실에 존재할 뿐이다.

"그 말은 실전에서 가즈네 씨가 실수한다는 건가요?"

"아니요."

가즈네는 의연하게 가슴을 폈다.

"유니의 실력이 훨씬 뛰어나요. 그 애는 실전에 강해요. 유니에게는 화려함이 있죠. 적재적소에 힘을 발휘해서 듣는 사람의 마음을 사로잡는 연주를 할 줄 알아요."

"그럼 괜찮아요. 가즈네 씨가 실전에서 힘을 발휘하지 못해서 2등이었던 유니 씨가 운 좋게 치고 올라간 게 아니잖아요. 가즈네 씨는 가즈네 씨의 피아노를 제대로 연주하고 있어요. 그럼 상관없지 않나요?"

가즈네는 눈을 동그랗게 뜨고 나를 바라보다가 눈을 깜박였다.

"그러네요."

그러더니 천천히 입술 끝을 올리고 웃었다.

"제가 실전에서 못하는 게 아니에요. 그러니까 제가 신경 쓸 필요가 없어요."

사실 나는 남동생을 질투했다. 가장 중요한 순간에 좋은 것을 싹쓸이하는 동생이 부러웠다. 그래도 모르는 척했다. 운이 좋다거나 타고난 소질처럼, 부러워해도 어쩔 수 없는 것에 집착하면 반드시 보아야 할 것을 놓칠 테니까.

"정말 고맙습니다."

방해해서 죄송하다며 연거푸 고개를 숙여 인사하고 가즈네는 돌아갔다. 나는 가즈네가 유니를 부러워하지 않기를 그저 바랄 따름이었다. 질투는 당하는 쪽보다 하는 쪽이 더 괴롭다.

사무소로 돌아가려고 계단을 올라가는데, 출장에서 막 돌아온 야나기 씨가 따라왔다.

"웬일이야? 지금 가즈네였지?"

기분 좋은 목소리였다. 돌아가는 가즈네와 스쳐 지났나 보다.

"야나기 씨는 쌍둥이 중에 누가 누구인지 잘 구별하시네요."

조율 가방을 든 야나기 씨는 뜬금없는 말을 들었다는 듯이 고개를 갸웃거렸다.

"무슨 얘기야, 도무라."

"하긴, 쌍둥이가 어렸을 때부터 야나기 씨는 그 댁에 조율하러 다니셨죠?"

"도무라, 내가 몇 살이라고 생각해? 쌍둥이가 어렸을 때는 나도 어렸거든."

"죄송합니다."

내가 쌍둥이와 서너 살 정도 차이가 나니까 야나기 씨와 쌍둥이는 열 살쯤 차이가 나려나. 야나기 씨가 조율사가 되어 쌍둥이의 집에 피아노를 조율하러 다니기 시작했을 무렵에 둘이 몇 살이었을지 생각하고 있을 때였다.

"교복이 다르잖아."

"네?"

"얼굴만 보면 몰라도 교복을 보면 누구인지 알지."

기가 막힌다는 듯이 야나기 씨가 말했다.

"혹시 몰랐어?"

"아, 아아, 그러고 보니."

야나기 씨가 싱글싱글 웃었다.

듣고 보니 교복이 달랐다. 언제던가, 다른 고등학교에 다니는 이유에 대해서 가즈네는 유니가 성적이 좋기 때문이라고 했고 유니는 가즈네가 피아노만 생각하기 때문이라고 말하며 웃었다.

"성적은 거의 비슷해요. 그런데 수학을 제가 조금 더 잘하거든요. 수학은 한 문제를 집중해서 풀면 다음 문제도 풀 수 있는데 가즈네는 피아노 이외에는 집중할 마음이 없어요."

일란성 쌍둥이는 겉모습뿐만 아니라 모든 유전자가 똑같으니까 무엇 때문에 미세한 차이가 나는 것인지는 알 수 없다. 그러나 수학을 잘하는지 못하는지, 어느 고등학교에 다니며 어떤 친구와 사귀는지, 그런 차이는 표정이나 동작에도 나타난다. 물론 피아노에도.

"너는 쌍둥이 일이라면 필사적이 되면서 교복이 다른 줄도 모르다니, 뭐야."

그다지 쌍둥이에게 필사적이지는 않다. 쌍둥이의 피아노를 좋아할 뿐이다.

"나는 쌍둥이가 앞으로 어떻게 성장할지 기대돼."

나도 그렇다. 쌍둥이의 피아노, 나도 기대된다.

입사 2년 차가 되었다. 올해 신입 사원이 들어오지 않아서 여전히 내가 제일 막내였다. 소규모 회사여서 신입이 들어오는 일이 드문 편인데, 그래도 신입이 없다는 것을 알고 안심했다. 나보다 우수한 후배가 오면 어떻게 대해야 할지 모르겠다. 게다가 신입 조율사 대부분이 나보다 훨씬 우수할 테니까.

나는 여전히 소리를 정돈하느라 애를 먹는다. 정확히 말해서 정돈까지는 어떻게 하는데 그다음으로 나아가지 못한다. 음색 결정하기, 가장 중요한 이 부분에서 고생 중이다.

"눈을 감고 정하면 돼."

야나기 씨가 충고해주었다. 나는 이해력도 좋지 않다. 되물을 수밖에 없다.

"과감하게 막 하라는 뜻인가요?"

"아니, 그게 아니야. 눈을 감으라는 건 이판사판으로 하라는 말이 아니야."

친절하게 설명해주었다.

"예를 들어서 요리사는 간을 보는 순간에 제일 진지해진다고 하잖아. 숨을 가다듬고 눈을 감고, 단 한 번에 맛을 정할 수 있게. 조율사도 단 한 번에 소리를 정하지 못하면 계속 망설이게 돼."

'눈을 감고'라고 메모하려는 나를 보고 야나기 씨가 서둘러 정정했다.

"눈을 감지 않는 사람도 있어. 나도 안 감아."

"그럼 누가 감나요?"

"모르지. 그냥 눈을 감고 귀를 기울여서 음색을 정한다는 뜻이야. 비유지."

수첩에 비유의 '비比'를 적어 넣었다. 야나기 씨가 하는 이야기에는 비유가 많다. 눈을 감으라는 것도 비유라면 무엇을 하면 좋을까?

"아, 나 오늘은 종일 학교로 외근이야."

야나기 씨가 자리에서 일어났다. 군郡에 있는 학교로 피아노를 조율하러 가나 보다. 우리는 꽤 먼 곳까지 조율 출장을 간다. 차로 편도 두 시간이 걸리는 곳도 종종 있다. 머니까 일단 가면 그 근방의 어린이집이나 공민관(지역 주민을 대상으로 실생활과 밀접하게 연관한 교육, 문화, 복지 등 각종 사업을 하는 교육 기관─옮긴이)의 피아노도 조율하고 온다. 고생하는 하루다.

"저는 가정집이요. 눈을 감고 열심히 하겠습니다."

"오오. 나중엔 학교를 전부 도무라에게 양보할 테니까."

학교는 아직 나에게는 무리다. 그래도 언젠가는. 언젠가 학교의 모든 피아노를 울리고 싶다. 학교 음악실이나 체육관에서 처음으로 피아노와 만날 아이들을 위해서.

나는 일주일에 몇 번쯤 일반 가정집의 피아노를 조율하러 간다. 일반 가정집이라도 몇 년이나 조율하지 않았거나 피아노에 문제가 있는 곳은 아직도 야나기 씨와 동행해서 견학한다. 습득이 빠른 사람이라면 2년 차쯤에는 혼자 담당했을 현장도 내게는 좀처럼 맡겨주지 않는다. 선배들에게 면목이 없지만 다행이었다. 역량이 부족한 조율사에게 조율을 받는 피아노처럼 불쌍한 피아노는 없으니까.

슬슬 나갈 준비를 하려는 찰나, 내선이 울렸다.

전화를 받아보니 기타가와 씨였다. 사무직인 기타가와 씨는 '미인'에 '30대'라고 하는데, 야나기 씨가 그렇게 알려주기 전까지는 몰랐다. 듣고 보니 '미인'이었다. 나이는 잘 모르겠다. 사무소로 들어오면 바로 앞에 기타가와 씨의 책상이 있다. 고개를 들자 기타가와 씨도 수화기를 손에 든 채로 내 쪽을 보고 있었다.

"오늘 첫 번째 예약이었던 와타나베 씨, 취소하신대. 일주일 후 같은 시간에 부탁한다고."

"알겠습니다, 그날이라면 괜찮아요."

수화기를 내려놓고 탁상 달력에 표시했다. 오늘 오전 와타나베 씨에 ×, 한 단 아래인 일주일 뒤의 빈 곳에 다시 한 번 와타나베 씨라고 썼다. 달력에는 ×표시가 여기저기 있다. 예약은 자주 변경된다.

"취소?"

나가려던 야나기 씨가 돌아보았다.

"오늘 오전 예약인데 지금 취소야?"

일반 가정집 조율은 대충 두 시간쯤 걸린다. 매년 조율을 받을 테고 1년에 한 번일 텐데도 예약은 자주 변경되고 취소된다. 자택에 타인이 들어와 두 시간이나 작업을 하니까 부담이 될 것이다. 그런 심정을 이해할 수는 있다. 그렇지만 예약을 쉽게 변경하면 그 집의 피아노가 그만큼 하찮은 취급을 받는 것 같은 느낌이 들어 안타깝다.

피아노만 있으면 된다. 우리가 조율하는 동안 고객이 계속 옆에 있을 필요도 없고 청소기나 세탁기를 돌리는 생활 소음 정도라면 작업에 전혀 지장이 없다.

"요리도 하면 안 된다고 생각하는 사람도 있으니까."

"요리까지요?"

"냄새가 청각을 방해한다고 생각하나 봐."

오호라. 실제로 그럴 수도 있겠다.

"조율하는 동안에 평소처럼 지내도 된다고 일을 시작하기 전에 미리 말해두는 게 좋아. 고객의 부담을 조금이라도 줄이려면. 그래도 뭐, 전화벨 소리는 헤르츠에 진짜 지장을 주니까 곤란하지만."

"방을 미처 청소하지 못했다는 것도 예약을 변경하는 사유 중
의 하나 아닌가?"

기타가와 씨가 자리에서 일어나 다가오며 물었다.

"청소는 아무래도 좋으니까 예약을 연기하는 건 좀 자제해줬
으면 좋겠지 않아?"

지저분한 방은 상관없다. 그런데 지난주에 방문한 가정집은 바
닥에 물건이 잔뜩 널려 있어서 피아노에서 분리해 낸 판이나 부
품을 둘 곳이 없어서 곤란했다. 바닥에 난잡하게 늘어놓은 대량
의 의복이 피아노 소리를 흡수해서 반향이 달라지는 것 또한 충
격적이었다.

대답하기 어려워하는 나를 보고 야나기 씨가 웃었다.

"도무라는 결벽증이 있는 것 같네."

선 채로 대화를 나누고 있었는데, 조율 가방을 든 이타도리 씨
가 다가왔다.

"취소인가요?"

"네."

그러자 이타도리 씨가 선뜻 제안했다.

"시간이 비었다면 같이 가지 않겠습니까?"

귀를 의심했다. 흘이다. 이타도리 씨는 오늘 콘서트홀에 조율

하러 간다.

"네!"

기운찬 대답이 나왔다.

"당장 준비하겠습니다!"

독일에서 거장 혹은 마술사라고 불리는 피아니스트가 왔다. 내일 콘서트를 앞두고 이타도리 씨가 콘서트 담당 튜너가 되었다는 사실은 알고 있었다. 일본에서는 겨우 몇 군데에서만 콘서트를 여는데, 왜 이런 북쪽의 소규모 마을에서 하는 것인지 모르겠지만 기대가 컸다. CD로 수없이 들었던 음색을 생생하게 들을 수 있다. 나도 태어나서 처음으로 콘서트 표를 샀다.

서둘러 준비했다. 조율 도구는 필요 없겠지. 그래도 가져가야할까. 아니다, 방해될 뿐이다. 아니지, 아니야. 빈손은 좀 그렇다. 역시 만약에 대비해 가져가야 할까. 아니지, 아니지, 아니야. 이타도리 씨의 가방을 내가 들면 되잖아. 하지만 메모할 노트와 필기 도구는 필수이다.

맞은편에 앉은 아키노 씨가 뭐라고 말하는 목소리가 들렸다.

"네?"

되묻자 고개를 들지 않고 중얼거렸다.

"아주 경사 났어."

험악한 표정은 아니었다. 정말 경사스러운 일이 생겼다고 말하는 것처럼 차분한 표정으로, 평소와 다르지 않은 말투로 말했다.

이 사람이 초반에 무던하게 대해준 이유는 그다지 얼굴을 마주할 기회가 없었기 때문이다. 어느 정도 익숙해지면서 말을 트게 되자 속내를 드러냈다. 사실 아키노 씨의 속내를 듣는 것 자체보다 그의 말이 항상 정곡을 찔러서 나는 말문이 막혔다.

경사 났다. 맞는 말이다. 가방 심부름꾼 정도밖에 할 수 없는 내가 이타도리 씨의 조율에 따라갈 수 있어서 기뻤다. 같이 가자고 제안해주신 것만으로도 펄쩍 뛸 정도로 좋았다. 그러니까 분명 경사였다.

아키노 씨의 말에 그다지 마음에 두지 않기로 했다. 괜한 일에 신경을 쓸 필요는 없다. 이타도리 씨의 조율을, 그것도 일류 피아니스트의 콘서트를 위한 조율을 볼 수 있다니 바라 마지않은 기회니까.

자리에서 일어나 화이트보드 일정표에 홀 이름을 적었다.

"도무라가 가서 어쩌려고. 간다고 무슨 도움이 되는데."

귀에 들릴락 말락 한 성량으로 아키노 씨가 중얼거렸다. 어디를 가든 불쾌한 티를 내는 사람은 있고, 그런 사람은 꼭 남의 기분을 짓밟는 말을 하는 법이다. 산속 작은 마을에도 있었고 고등학교에도 있었다. 고객 중에도 있고 이 사무소에도 있다. 신경을 쓰면 끝이 없다. 그렇게 생각하지만 그의 말은 역시 정론이었다. 정론이기에 대답해야만 했다.

"5년 후에."

말을 꺼내다가 정정했다.

"죄송합니다. 10년 후요. 10년 후에 열매를 맺기 위한 공부입니다."

"공부라고. 10년 후라고."

아키노 씨는 코를 치며 비웃었다.

⬤

대형 홀의 문을 열자 기압까지 달라진 느낌이었다. 숲이다. 숲에 있는 것 같다. 건물 안으로 들어섰을 때부터 외부와 소리가 전해지는 방식이 달랐다. 공기 흐름도 달랐다.

홀 담당자에게 양해를 구하고 정면 중앙 출입구에서 객석을 들여다보았다. 무대 정면에서 피아노를 보고 싶었다.

"그래요. 객석에서 피아노가 어떻게 보이는지 선입견 없이 확인해보아도 좋지요."

이타도리 씨가 고개를 끄덕여주었다.

조명이 들어오지 않은 무대 구석에 놓인 피아노는 객석에서 보면 풍경 같았다. 그 자리에 있기만 해도 아름답다. 단, 튀지 않는다. 그곳에서 얌전히 잠든 것처럼 보였다.

"그럼 나는 대기실 쪽으로 들어갈 테니 도무라 군은 객석에서 무대로 들어오세요."

이타도리 씨는 담당자의 양해를 미리 구하라고 했다.

고요한 공기, 적절한 습도와 온도. 벽에도 천장에도 목판을 댔다. 음파가 어떤 식으로 전달될까? 상상하면서 한 걸음 또 한 걸음 걸었다. 무대 앞까지 도착해 피아노를 바라보며 무대를 둘러갔다. 무대 옆에 붙은 계단을 올라가자 이타도리 씨는 이미 조율 도구가 든 가방을 바닥에 놓고 피아노 뚜껑을 열고 있었다.

이타도리 씨는 서서 양손으로 옥타브를 울렸다.

풍경이었던 피아노가 숨을 쉬기 시작했다.

하나하나 음을 맞춰갈 때마다 피아노가 그 무거운 몸을 일으켜 오그리고 있던 손발을 뻗었다. 노래할 준비를 마치고 당장이라도 날개를 펼치려고 했다. 그 모습은 내가 지금까지 본 그 어떤 피아노와도 달랐다. 덩치 큰 사자가 사냥을 나가기 전에 느릿느릿 몸을 일으키는 이미지가 이럴까?

홀 피아노는 별개의 생명체였다. 별개라고 생각할 수밖에 없었다. 울리는 소리가 지금까지 봤던 가정집 피아노와 현저하게 달랐다. 아침과 밤. 만년필과 연필. 그 정도로 차이가 났다.

내 손바닥에 땀이 흥건해졌다. 지금까지 본 피아노와 전혀 다른 피아노가 내 눈앞에 있다. 가정집 피아노를 제일 뛰어난 상태로 이끄는 것과 홀 피아노를 완벽하게 만들어가는 것은 전혀 달랐다.

서 있는 것이 고작이었다. 조금은 가까워졌다고 생각한 피아노가 아주 멀게 느껴졌다.

이타도리 씨는 건반을 울린 후 귀를 기울이고 다시 건반을 울렸다. 한 음, 한 음, 그 음의 성질을 알아내려고 귀를 기울이며 튜닝 해머를 돌렸다.

점점 가까워진다. 무엇인지는 모르겠다. 심장이 크게 뛰었다. 아주 커다란 무언가가 가까워지는 예감이 들었다.

완만한 산이 보였다. 태어나고 자란 고향 집에서 보던 풍경이다. 평소 의식하지 않아도 그곳에 있으니까 딱히 시선을 주지 않았던 산. 그래도 폭풍우가 물러간 아침이면 묘하게 선명히 보일 때가 있었다. 산이라고 생각했던 대상 안에 사실은 수많은 것이 포함되어 있다는 사실을 불현듯 깨달았다. 흙이 있고 나무가 있고 물이 흐르고 풀이 자라고 동물이 있고 바람이 분다.

뿌연 경치 한 지점에 초점이 정확히 맞았다. 산에서 자란 나무 한 그루, 그 나무를 뒤덮은 녹색 잎이 살랑살랑 흔들리는 풍경까지 보였다.

지금도 그렇다. 처음에는 그저 소리였는데, 이타도리 씨가 조율하고 정돈하자 단숨에 윤택해졌다. 선명하게 뻗는다. 다랑, 다랑, 단발적이었던 소리가 달리고 엉켜 음색이 된다. 피아노가 이런 소리를 내던가. 잎에서 나무로, 나무에서 숲으로, 산으로. 이제 막 음색이 되고 음악이 되는 모습이 눈앞에 펼쳐졌다.

내가 신神을 갈구하며 헤매던 미아임을 깨달았다. 미아였다는 사실조차 몰랐다. 이 소리를 신이라고 해야 할까, 혹은 표식이라고 해야 할까. 나는 이 소리를 갈구했다. 이 소리만 있다면 살아갈 수 있을 것 같다. 10년도 훨씬 전, 숲에서 자유라고 느꼈던 그때를 떠올렸다. 신체에서 해방되지 못하는 불완전함을 느끼면서도 나는 완전히 자유로웠다. 그때, 내가 있는 세계의 신은 나무이며 잎이며 열매이며 흙이었다. 지금은 소리이다. 이 아름다운 소리에 이끌려 나는 걷는다.

이 소리를 찾아 걸어갈 수 있다는 것은 나도 신을 알고 있다는 뜻이다. 본 적은 없다. 어디에 있는지도 모른다. 그래도 신은 분명히 존재하고, 그렇기에 아름다움이 있다. 이렇게 생각할 수 있어서 기쁘다. 기쁘다는 말로는 부족하다. 이곳에 있어도 괜찮다고 허락을 받은 기쁨. 활짝 트인 장소로 나온 것 같은데, 비좁은 막다른 골목에 들어간 것 같기도 한 상반된 감정. 하지만 그곳에 신이 있음을 알고 있다면 지금 어느 지점에 있어도 상관없지 않을까? 기쁨의 예감, 동시에 그곳에서 떨어져 나갈지 모른다는 두려운 예감. 내게 가까이 다가온 예감은 바로 이것이었다.

홀을 나와 보니 밖은 이미 어둑어둑했다. 내일 콘서트를 대비해 오늘 이타도리 씨는 현장에서 퇴근한다. 내일은 피아니스트와 함께 최종 조정과 리허설이 있다. 그다음은 공연이다. 콘서트 튜너는 공연 중에도 무대 뒤에서 대기하며 피아노와 피아니스트를 지킨다. 아침부터 밤까지 일한다.

주차장까지 둘이서 나란히 걸어갔다. 할 말이 떠오르지 않았다. 나는 흥분한 동시에 차분한 상태였다. 적어도 차를 운전할 수 있을 정도는.

차에 타서 안전띠를 맨 뒤에야 간신히 말을 걸 수 있었다.

"대단했습니다."

이타도리 씨는 고개를 내 쪽으로 돌리고 웃어주었다.

"그렇게 말해주니 기쁩니다."

그런데 주차장을 빠져나와 인도 옆에서 차를 잠깐 세우고 나니 다시 액셀을 밟을 수 없었다. 언젠가는…… 이라는 생각은 들지 않았다. 멀어도 너무 멀다. 신을 찾는 것은 정신이 아득해지는 일이었다.

"이타도리 씨, 왜 저를 채용해주셨나요?"

채용 결정권은 사장에게 있을 것이다. 이타도리 씨는 최종 책임자가 아니다. 그래도 소개해준 전문학교를 졸업하자마자 바로 에토 악기에 취직할 수 있었던 것은 이타도리 씨의 입김이 있지 않았을까.

"먼저 잡는 자가 임자입니다."

"먼저 잡다니요?"

"선착순이죠, 우리 회사는 예전부터."

"아아."

그럴 것 같다고 생각했다. 선착순. 역시. 능력이나 전망이나, 그런 이유로 채용해주지는 않았구나.

브레이크를 밟은 발을 천천히 뗐다.

"포기하지 않는 점입니다."

차도로 진입해 달리는데 이타도리 씨가 담담하게 말했다.

무엇을 포기하지 않는 것인지 묻고 싶었으나 묻지 않고 삼켰다. 포기하지 않는다. 그러나 포기하지 않는다고 해서 어디까지고 갈 수 있는 것은 아니라는 걸 이제 안다.

그 말을 끝으로 이타도리 씨는 입을 다물었다. 조수석에 앉아 그저 차분히 앞을 보고 있었다. 나도 묵묵히 차를 운전했다.

많은 것을 포기해왔다. 산속 외진 마을에서 태어나고 자랐다. 집이 경제적으로 넉넉하지도 않았다. 산 아랫마을에 사는 아이들은 당연하게 누리는 혜택이 내게는 오지 않을 때가 많았다. 포기하겠다는 명확한 의사가 없었어도 수많은 것을 그저 지나칠 수밖에 없었다.

그렇다고 괴롭지는 않았다. 애초에 바라지 않은 것은 아무리 갖지 못해도 괴롭지 않다. 눈에 보이는 곳에 있는데, 갈망하는데, 내 손에 들어오지 못하는 것이야말로 진정으로 괴롭다.

포기하자고 생각하기까지 시간이 걸린 것이 딱 하나 있었다. 그림이다. 나는 그림을 몰랐다. 산속 초등학교에 다닐 때, 1년에 한 번 버스를 타고 큰 마을에 있는 미술관에 다녀오는 행사가 있었다. 예술 감상회라는 명목이었다. 미술관 나들이를 연중행사로 한다는 자체가 무언가를 포기해야만 하는 환경이었다는 것을 지금은 잘 알고 있다. 전시된 그림을 보면 예쁘다, 재미있다는 생각은 들었지만 그 이상의 무엇인가에 도달하지는 못했다. 아름다움 이외에 그림의 장점을 도무지 알 수 없었다. 선생님이 좋아하는 그림을 한 장 찾아보라고 했지만, 좀 아니라는 생각이 들었다. 색감이 따뜻하다거나 그냥 분위기가 좋다거나, 그림을 그런 관점으로 보는 것은 좀 아닌 것 같다고 생각했다.

어쩌면 그래도 괜찮았을지 모른다. 그 그림이 좋으면 그걸로 됐다. 기분이 좋아지면 그만이다. 그림을 모른다느니, 그런 관점으로 보면 안 된다느니, 스스로 구질구질해질 필요는 없었을 텐데. 그런데도 괜히 아는 척해도 시시할 뿐이라고 생각하고, 그림을 좋아하는 것을 포기했다.

그것이…… 그림을 포기한 것이 정답이었음을 열일곱 살 때 알았다. 처음 피아노와 만났을 때 비명을 지르고 싶었던 그 감정. 그런 감정의 동요를 나는 무의식중에 바라왔고, 그림은 그 대상이 아니었다.

좋아한다거나 기분이 좋다거나 하는, 내 안에서만 이루어지는 사소한 기준은 언젠가 변하고 만다. 하지만 그때, 고등학교 체육관에서 이타도리 씨가 피아노를 조율하는 모습을 목격하고 내가 원하는 것이 바로 저것임을 단박에 알아차렸다. 더 알고 싶지만 아마 어렵겠지, 이렇게 속 편히 따지기나 할 수 있는 대상이 아니었다. 그런 것은 바라지도 않는다. 잘 모르겠는 것에 이유를 가져다 붙여 자신을 이해시키는 행위도 우습게 느껴졌다.

"포기하지 않을 겁니다."

조용히 중얼거렸다. 포기할 이유가 없다. 필요한 것과 필요하지 않은 것이 확실히 보였다.

사무소에 돌아와 보니 아키노 씨가 있었다.

"어땠어?"

시치미를 떼며 묻는 얼굴로 보아 비아냥거릴 생각이 아니라 정말 궁금한가 보다.

이타도리 씨의 조율을 보면서 내 안의 수많은 상념이 소용돌이쳤다. 그런 생각을 말할 수는 없다. 무슨 말을 해도 트집이 잡힌다면 마지막까지 남은 감상만 말하자.

"그 피아노로 콘서트를 한다니, 피아니스트는 물론이고 관객도 행복하겠다고 생각했어요."

아키노 씨의 까만 눈동자가 안경 너머에서 순간 커졌다. 그러더니 흥미 없다는 듯이 "흐응" 하고는 물었다.

"그래서 정음은 어땠지?"

"자세하게는 잘 모르겠습니다."

솔직히 대답했다.

"그래도 피아노 다리의 방향을 바꿔서 소리가 날아가는 방향을 조정하는 광경은 처음 봤어요."

전문학교에서 지식으로 배우기는 했다. 다리 밑에 달린 놋쇠 캐스터의 방향을 바꾸면 피아노의 중심이 달라진다. 이타도리 씨는 그 작업을 내가 한눈에 알 수 있게 보여주었다. 팔을 어깨보다 넓게 벌리고 팔 굽혀 펴기를 하면 힘이 들어가는 방향이 달라진다. 동체에 걸리는 힘이 세진다. 피아노로 말하면 울림판에 큰 힘이 가해진다. 이타도리 씨는 팔 굽혀 펴기로 예를 들어 간결하게 설명해주고, 등으로 피아노 밑판을 들어 올리며 캐스터의 방향을 바꿨다. 그러자 정말로 소리가 울리는 방향이 달라졌다.

"거참 속도 편하다."

언제나 표정이 읽히지 않는 아키노 씨의 목소리에 또렷하게 불쾌감이 서렸다.

"정말 태평하기 짝이 없어. 이타도리 씨가 하는 조율의 대단함은 그런 게 아니라고. 도대체 뭘 보고 온 거야. 아무리 같은 사무소에서 일한다지만 너무 기대잖아. 이타도리 씨도 도무라한테 지나치게 친절하고. 여봐란듯이 전부 다 보여주잖아. 그거, 오히려 깔보는 거 아니야?"

"깔보는 게 아닙니다."

상대가 되지 않는다. 비교조차 되지 않는다. 깔볼 대상조차 못 된다. 이타도리 씨가 만드는 음색은 비슷하게 흉내 낸다고 다가갈 수 있는 것이 아니다.

"제게는 아까웠어요."

"뭐가."

아키노 씨라면 좀 더, 좀 더 많이 배울 수 있었겠지. 멀찌감치 떨어진 곳에 있는 나는 배울 것이 모래처럼 많아서 바위를 포착하지 못한다. 똑같은 조율을 봐도 아키노 씨라면 바위 밭을 성큼성큼 빠져나갈 발판을 찾았을지도 모른다.

"아키노 씨, 아키노 씨의 조율도 한번 보여주세요."

내 말에 아키노 씨는 다소 놀란 표정을 짓더니 곧 웃음을 터뜨렸다.

"사람이 좋은 것도 정도껏 해야지."

그렇게 말하더니 얼른 표정을 굳히고, 덧붙여 말했다.

"칭찬이 아니야."

다음 날, 조율하러 나가는 야나기 씨와 동행하게 되어 아키노 씨 이야기를 꺼냈다.

"아아, 그 사람은."

야나기 씨가 고개를 숙이고 웃었다.

"신경 쓰지 마."

조율 가방을 들고 잰걸음으로 걸으면서 얼굴은 웃고 있었다. 그 표정으로 미루어 야나기 씨는 아키노 씨를 딱히 싫어하지 않는 것 같았다.

"처음에는 나도 화가 났었어."

주차장으로 이어지는 출입구를 열고 뒤따라 나오는 나를 위해 오른손으로 문을 붙잡아주었다.

"평범한 고객은 돈샤리로 조정해주면 다 기뻐한다는 말을 했었어."

네? 하고 되묻자 야나기 씨가 실쭉 웃었다.

"스테레오 기기 쪽에서 일시적으로 유행이었어. 중저음이 쿵쿵 울리고 고음은 찰랑찰랑 울리는 걸 소위 '돈샤리ドンシャリ'라고 부르거든. 그렇게 조정하면 좋은 소리라고 인기가 있었지."

다소 야유를 섞어서 그런 말을 했을까? 조율에도 유행이 있는 법이고 대충 괜찮은 소리로 들리게 조정하는 경우도 있다.

"웃기지도 않는다고 생각했지."

주차장을 걸으며 빠르게 말했다.

"그건 조율도, 고객도 깔보는 거잖아. 저 사람은 좋은 고객과 만나지 못해서 그런 말을 한다고 생각해서 오히려 불쌍하게 여겼어. 그런데……."

야나기 씨는 재미있는 생각을 떠올린 표정으로 나를 보았다.

"도무라, 아키노 씨한테 한 번쯤 조율 보조로 데려가달라고 부탁해봐."

내 탐탁지 않은 표정을 눈치챘나 보다.

"말만 돈샤리라고 할 뿐이야. 사실 아키노 씨는 일을 잘하거든. 태도나 말과는 정반대로."

"그런가요?"

야나기 씨가 고개를 끄덕였다.

"남을 의식해서 그러는 건지는 모르겠지만, 그 사람은 피아노에 한해서만큼은 철저해. 투덜거리면서도 일을 훌륭하게 한다니까. 피아노를 향한 사랑과 존경이 느껴져. 뭐, 지금 내가 한 말을 아키노 씨가 듣는다면 무슨 헛소리냐고 하겠지만."

부탁해도 데려가주지 않을 것이다. 나도 원하지 않는다. 이타도리 씨에게서, 야나기 씨에게서, 양에게서, 피아노에게서 밀려오는 엄청난 모래더미에 파묻히지 않고 한 알이라도 건지기 위해서 나는 필사적이었다.

정각에 일을 마치고 콘서트홀로 갔다.

홀은 어제와 분위기가 달랐다. 어제의 고요한 숲과 같은 공간도 좋았지만 사람들로 북적이는 오늘의 홀은 생생하게 잎이 무성한 여름 숲 같았다.

연령층이 높았다. 우아하게 정장을 갖춰 입은 사람이 많아서 주눅이 들었으나 다들 피아노를 좋아하는 사람이라고 생각하니 기분이 편해졌다.

"아."

익숙한 얼굴이 로비를 가로질렀다. 아키노 씨였다. 나를 못 봤는지 아니면 보고도 못 본 척했는지 모르겠다. 말을 걸지 못하고 머뭇거리는 사이에 아키노 씨는 문을 지나 홀 안으로 들어갔다.

뒤늦게 홀로 들어가 표에 적힌 좌석 번호와 의자 등받이의 번호를 비교하며 걷는데, 누군가가 이름을 불렀다.

"도무라 군."

고개를 들었다.

"자네도 왔군."

정장을 입은 사장이 양쪽 눈썹을 끌어올려 과장된 웃음을 짓고 있었다.

"자리는 어디지?"

"아, 이 근처입니다."

홀 뒤쪽 정중앙 근처. S석은 비싸서 사지 못했지만, A석 중에서 소리의 균형이 잘 잡힐 만한 자리를 골랐다.

"혹시 이 홀에는 처음 오나?"

그렇다고 대답하다가 저기 오른쪽 벽에 앉은 아키노 씨를 발견했다. 사장은 내 귀에 얼굴을 대고 속삭였다.

"이 홀은 벽 근처가 잘 울려."

"그런가요?"

좀 더 빨리 알려줬으면 좋았을 텐데. 낙담하는 내가 불쌍했는지 사장이 자기 손에 든 표를 내려다보았다.

"첫 콘서트니까 이왕이면 좋은 자리에서 듣는 게 낫겠지. 교환할까?"

"아, 아닙니다. 마음만으로도 감사합니다."

사양하자 사장이 안도한 표정을 지었다.

겨우 자리를 찾아 앉았다. 슬쩍 시선을 돌리자 나보다 조금 앞열 오른쪽 끝에 앉은 아키노 씨가 보였다. 문득 의문이 생겼다. 아키노 씨는 왜 객석의 오른쪽에 앉았을까? 피아니스트에게 흥미가 있다면 손가락이나 표정이나 몸의 움직임이 잘 보이는, 객석의 왼쪽 자리를 선택하지 않을까. 무대로 시선을 돌렸다. 어제 이타도리 씨가 조율한 까맣고 아름다운 악기가 있었다. 아키노 씨의자리에서는 악기에 가려져 피아니스트의 모습이 거의 보이지 않는다.

대충 대답이 연상되었다. 피아니스트는 보지 않아도 괜찮다, 혹은 안 보이는 편이 낫다고 생각하고 좌석을 고르지 않았을까? 소리에 집중하고 싶었을 것이다. 피아노 뚜껑의 방향을 고려하면소리는 자연스럽게 오른쪽으로 뻗어 나간다. 깊이 생각하지 않고정중앙 자리를 고른 내가 한심했다.

홀이 어두워지고 곧 피아니스트가 등장했다. CD로 듣고 상상했던 것보다 당당한 체구의 은발 남성이었다. 박수가 잦아들자 그가 피아노 앞에 앉았다. 잠깐의 정적 후에 피아노가 울렸다.

그 순간, 자리고 뭐고 전부 날아갔다. 아름다웠다. 압도적으로 아름다웠다. 피아노가, 음색이, 음악이. 무엇이 아름다운지도 헷갈릴 정도였다. 그저 무대 위의 새까만 숲에서 아름다움이 흘러넘쳐 홀을 채웠다.

이타도리 씨가 만든 음색을 들어보려고 했지만, 그조차 무리였다. 소리에 색이 있다면 무색에 가깝다. 소리는 피아니스트가 바라는 대로 색과 형태를 바꾸며 우리에게 도달했다. 우리는 이 자리에서 듣기만 할 뿐인데 음악과 하나가 된, 그 일부가 된 것처럼 황홀했다.

아무것도 몰랐다면 이타도리 씨의 소리라고 생각하지 못했을 것이다. 그래도 나는 안다. 이상적인 소리이다. 연주하는 사람을 위한 소리. 피아니스트의 실력을 최대한 끌어내는 소리. 아무도 조율사의 실력 따위 생각하지 않는다. 그래도 괜찮다. 피아니스트가 절찬을 받더라도 피아니스트의 공로도 아니다. 음악의 공로이다.

콘서트가 끝났다. 알딸딸하게 취한 것처럼 행복했다. 자리에서 일어나 홀을 빠져나가는 사람들의 흐름에 합류했다. 바로 앞에 사장이 있었다.

"어땠나. 첫 콘서트는."

"정말 좋았습니다."

달리 적당한 말을 찾을 여유가 없어서 간결하게 대답했다.

"피아노, 대단했어요."

"그렇지."

사장이 웃었다.

"피아노를 좋아하고 음악을 좋아하는 것, 그것이 모든 것의 기본이야."

오늘 이 음악을 듣고 음악을 좋아하지 않을 사람이 과연 있기는 할까.

"뭐, 이타도리 군은 조금 심각하게 피아노에게 사랑받는 것 같기는 해."

완만한 통로 계단을 올라 로비로 향하는 사장을 따라갔다.

"이타도리, 이타도리, 하고 거장이 하도 불러대니까 공연 중에는 쉴 시간도 없었을 거야."

"어, 이타도리 씨는 오늘 공연한 피아니스트와 그 정도로 친분이 있나요?"

"몰랐나?"

또 과장하며 양쪽 눈썹을 올렸다.

"일본에 올 때는 반드시 이타도리 군을 지명하지. 이타도리 군이 그쪽 나라에 공부하러 갔을 때 보고 마음에 들었나 봐. 유럽 투어도 같이 돌았다는데 안타깝게도 이타도리 군은 비행기 타는 것을 질색하거든. 귀국한 뒤에도 육로로만 다녀. 이렇다 할 것 없는 이 외진 마을에서 피아니스트가 오기를 기다릴 뿐이야."

"그건 좀 아깝지 않나요?"

무심코 나온 말이었다.

"이런 작은 마을보다 좀 더 넓은 곳에서, 더 많은 사람의 귀에 닿을 피아노를 조율하는 편이 이타도리 씨의 실력을 살리는 데 좋지 않을까요?"

"정말 그렇게 생각하나?"

로비를 걸으며 사장이 웃었다.

"의외인데? 도무라 군이 그런 생각을 할 줄이야. 도시로 간다고 해서 이타도리 군에게 좋은 일이 뭐가 있지? 우리에게도, 이 마을 사람들에게도, 이타도리 군이 있어주는 편이 낫지 않겠나. 물론 자네에게도."

그렇게 말하며 나를 힐끔 보는 눈에는 웃음기가 없었다.

"여기에도 아름다운 음악이 있어. 외진 이 마을에 사는 사람들도 그 음악을 즐길 수 있지. 오히려 나는, 도시에 사는 사람들이 비행기를 타고 이타도리 군의 피아노 소리를 들으러 오면 된다고 생각하네만."

그 말이 옳았다. 나 자신이 항상 생각해왔던 것인데 엉겁결에 반대로 말하고 말았다. 산과 마을. 도시와 시골. 크고 작음. 가치와 전혀 관계없는 기준에 나도 모르게 사로잡혔다.

이곳에서 살아간다. 그런 자긍심을 가져야 한다.

"오늘 콘서트가 지나치게 좋아서요, 좀 더 많은 사람에게 들려주고 싶은 마음에."

기어들어가는 목소리로 변명했다.

"이해해."

사장이 그제야 웃으며 고개를 끄덕였다.

신중하게 튜닝 해머를 돌렸다. 0.1밀리미터, 0.1밀리미터. 혹은 좀 더 좁은 간격으로.

음높이를 맞추는 것뿐이라면 이제 제법 속도가 빨라졌다. 전문학교에 다닐 때는 선생님이 내가 정돈한 소리에 일일이 퇴짜를 놓았다. 제대로 맞추지 못한 건반 위에 분필로 × 표시를 했다. ×, ×, ×, ×, ×, ×, 쭉 이어지는 ×. 어느 음 하나 맞추지 못했다. 2년간 반복 훈련을 쌓으면서 ×의 숫자가 조금씩 줄어들었고, 정해진 시간 안에 어떻게든 모든 ×를 없애게 되었다. 간신히 출발선에 섰다.

늘 생각한다. 음파의 수와 높이를 정돈하는 것. 그 지점까지는 누구나 훈련을 받으면 도달할 수 있다. 재능이 아니라 노력에 비유한다. 피아노를 연주하든 연주하지 않든, 열의가 있든 없든, 귀가 좋든 나쁘든 훈련만 하면 누구나 출발선에 설 수 있다.

삐익 울린 호루라기 소리에 맞춰 뛰기 시작한 나는, 지금 출발선에서부터 얼마나 멀리 왔을까.

"소리가 또렷해진 것 같아요. 고맙습니다."

고맙다는 인사를 받아서 나도 고개를 숙였다.

고객의 집에서 나오면 최대한 빨리, 예를 들어 세워둔 차를 타자마자, 오늘 한 작업을 메모한다. 어떤 상황에서 어떻게 조율했는가. 고객은 어떤 소리를 원했는가.

소리가 또렷해진 것 같다는 고객의 감상도 곁들여 적었다. 또렷하다는 단어는 아주 중요하다. 어떤 음색을 바라는지 명확한 단어로 설명하지 못해도 문득 입에서 나오는 단어를 통해 읽어낼 수 있다. 또렷한 소리, 아마 오늘 고객은 그런 소리를 원했을 것이다. 자신의 소망을 의식하지 못했더라도 완성된 소리를 듣고 좋다고 생각해주었다. 그런 증거를, 혹은 증거에 도달할 수 있는 실마리를 나는 모으고 있다.

부드러운 소리를 좋아하는 사람도 있고 날카로운 음, 뾰족뾰족한 음을 선호하는 사람도 있다. 말로 정확히 전달해주면 가능한 원하는 대로 조율해줄 수 있다. 그러나 고객 자신도 모르는 경우가 더 많다. 약간의 힌트를 통해 서로 더듬거리며 원하는 소리를 찾아 맞춰간다.

"활기찬 소리가 나지 않아서요."

그래서 곤란하다는 고객의 피아노를 조율해서 고객이 기뻐해줬을 때는 나도 좋았는데, 감상을 듣고 당황했다.

"덕분에 소리가 동글동글해졌어요."

동글동글한 소리가 활기찬 소리와 양립할 수 있을까? 동글동글하면 침착한 느낌이니까 오히려 활기찬 소리에서 멀어진 것이 아닐까? 내 당혹감을 무시하고 고객은 말했다.

"퍼졌던 소리가 동그랗게 뭉친 느낌이에요."

그 설명을 듣고 간신히 이해했다. 이완된 소리가 물방울처럼 동글동글 뭉쳐졌다는 뜻인가 보다. 말이 통하는 순간, 빛이 깃드는 것 같은 기분이 들었다. 사실 피아노 음색만으로 통해야 최고겠지만.

밝은 소리로 조율해달라는 요청을 자주 듣는다.

처음에는 진지하게 생각하지 않았다. 그야 어두운 소리를 바라는 사람은 거의 없겠다고만 생각하고 말았다. 지금은 다르다. 밝은 소리라고 일괄적으로 말해도 그 안에는 다양한 의미가 있다.

피아노의 기준 음인 '라'는 학교 피아노라면 440헤르츠로 정해져 있다. 갓난아기의 울음소리가 전 세계 공통으로 440헤르츠라고 한다. 헤르츠란 1초 동안 공기가 진동하는 횟수이다. 이 수치가 높을수록 소리도 높아진다. 일본에서는 제2차 세계대전 이후까지 435헤르츠가 기준이었다. 조금 더 거슬러 올라가 모차르트 시대 유럽에서는 422헤르츠였다고 한다. 조금씩 높아지고 있다. 지금은 442헤르츠에 맞추기도 한다. 최근 오케스트라의 기준이 되는 오보에의 라 음이 444헤르츠가 되었으니 오보에 소리에 맞추는 피아노 역시 앞으로 더 높아질 것이다. 모차르트가 작곡하던 시대와 비교해 반음 가까이 높아졌다. 이쯤 되면 감각으로는 더 이상 같은 라 음이 아니다.

변할 리 없는 기준 음이 시대와 함께 조금씩 높아지는 이유는 사람들이 밝은 소리를 바라기 때문일까? 일부러 밝음을 요구하는 이유는 분명 밝음이 부족하기 때문이다.

"다들 초조해하는 것 같아요. 기준 음이 점점 높아지고 있는 걸 보면요."

사무소 근처 도시락 가게에서 김을 올린 연어 도시락을 기다리는 동안, 야나기 씨는 주머니에서 동전을 꺼내 손바닥에 올려놓고 세며 대답했다.

"최소한 소리라도 밝게 하고 싶은 마음이겠지. 최근 몇 년간만 봐도 가정용 피아노가 440헤르츠에서 442헤르츠로 바뀌고 있어.

만약 2헤르츠 단위의 차이도 감지하는 절대음감이 있다면 기분 나쁘겠지."

"이대로 계속 소리가 높아질까요?"

"그렇게 되지 않겠어?"

야나기 씨는 장난처럼 대답하고 나를 바라보았다.

"전에 아키노 씨가 이런 말을 한 적이 있어. 최대한 밝은 소리로 조정해도 더 밝게, 더 밝게 해달라는 요청이 들어오니까 차라리 어떻게 연주하는지 가르치는 편이 빠를 거라고."

"그게 무슨 뜻이죠?"

"그러니까 밝은 소리를 내기 위해서 조율에만 의지하지 말고…… 아, 고맙습니다."

마침 도시락 두 개가 나와서 야나기 씨가 활짝 웃었다. 계산대 너머로 도시락을 받아 들고 가게를 나왔다.

밖은 이제 봄 햇살이 가득했다. 바람이 부드럽고 은은하게 신록의 향기를 품었다.

"건반을 강하게 치면 소리가 밝게 들리니까 중심을 낮추고 손가락에 체중을 단단히 싣는다던가? 그렇게 해서 소리를 잘 내면 밝게 들린대. 그러니까 조율이 아니라 연주 기술이라는 거지."

이해가 가는 말이었다. 소리를 밝게 하고 싶으니까 건반을 가볍게 해달라는 의뢰를 받아도 더는 가볍게 할 방법이 없는 경우가 있다. 건반 문제가 아니라 손가락에 힘이 부족하기 때문이라는 것을 본인이 깨닫지 못하면 무슨 짓을 해도 피아노는 잘 울리지 않는다.

"의자 높이를 조절해도 소리가 바뀌죠?"

내가 말하자, 야나기 씨가 즉각 대답했다.

"아아."

엄밀히 따지면 조율사의 일을 넘어서는 것이다. 그래도 피아노 의자의 높이를 연주자에게 맞추면 건반이 훨씬 가벼워져서 소리가 밝아진 것처럼 들린다. 제일 적절한 의자 높이는 연주자의 키는 물론이고 연주하면서 몸을 사용하는 방식, 손목과 팔꿈치의 각도에 따라서도 달라진다.

"콘서트 영상을 봤는데, 오케스트라를 뒤에 두고 피아노 두 대로 연탄하는 장면이 있었어요. 왠지 위화감이 느껴진다 싶었는데 의자 두 개의 높이가 다르더라고요. 피아니스트의 키는 그다지 차이가 안 났는데."

야나기 씨는 말없이 고개만 끄덕였다.

"자세히 보니까 두 연주자는 팔을 굽히는 각도, 팔꿈치를 펴는 방식이 달랐어요. 아마 손가락에 힘이 전해지는 방식도 다르겠죠. 저는 피아노를 칠 줄 모르니까 그런 부분은 생각도 못 했어요. 제가 할 수 있는 조언에 한계가 있으니까 조율할 때 한 번은 꼭 의자에 앉아 연주해달라고 해서 높이를 조정합니다. 그렇게만 해도 소리가 밝아져요."

"그렇지, 본인이 생각하는 것보다 의자가 높거나 낮을 때가 있으니까."

피아노에 좀 더 다가가는 편이 낫기도 하고 멀어지는 편이 나을 때도 있다. 의자 하나로 피아노의 소리가 밝아진다.

"그런데."

그런데, 아무리 공부하고 노력해도 좀처럼 고객에게 만족을 주지 못한다. 대부분 특별한 반응을 보이지 않는다.

"고객이 뭘 원하는지 잘 모르겠는 때가 있어요."

"아아, 있지."

야나기 씨는 왠지 쾌활하게 대답했다.

"뭐, 우리는 440헤르츠를 추구할지 몰라도 고객이 바라는 것은 440헤르츠가 아니니까. 아름다운 라 음일 뿐이야."

그렇군. 그 말이 맞다.

도시락 두 개가 담긴 하얀 비닐봉지를 들고 걸었다.

"아름다운 라가 440헤르츠로 표현된다니, 정말 대단하다고 생각해요. 피아노는 한 대 한 대 다 다른데 소리는 서로 연결되어서 주파수로 대화를 나눈다는 생각도 들어요."

말하다가 마지막에는 조금 부끄러워졌다. 내 안에서 이런 말이 나오다니 놀랍다.

주차장 옆, 정원수를 심은 화단 앞에 앉았다. 길고 긴 겨울이 마침내 끝나서 화창한 날에는 종종 여기에 앉아 도시락을 먹는다. 아직 쌀쌀하지만, 통풍이 안 좋은 실내에 틀어박혀 피아노를 앞에 두고 세심한 작업을 하다 보면 화창한 날에 밖에서 누군가와 대화를 나누며 점심을 먹는 일이 소중하게 느껴진다.

아키노 씨가 돈샤리로 조율하면 된다고 떵떵거렸다는 이야기를 종종 떠올린다. 정성을 다해 정음을 해도 고객이 기뻐해주지 않고, 오히려 대강 맞췄을 때 칭찬을 받거나 감사 인사를 받는 상황이 이어지면 자연히 허무해질 테니까 그런 생각이 드는 심리도 이해한다. 애초에 상대방은 이쪽이 최선을 다하거나 말거나 상관없다. 그러나 좋은 소리를 만드는 것, 이것이 조율사의 유일한 사명이다. 고객이 소위 말하는 돈샤리를 괜찮다고 느낀다면 그 소리를 제공한다고 해서 틀렸다고 할 수는 없다.

"하지만 그건."

거듭거듭 했던 생각에 또 빠지고 말았다.

"뭐야, 왜 그래?"

야나기 씨가 나무젓가락을 쪼개며 흥미진진하게 나를 바라보았다. 무심코 말을 해버린 모양이었다.

"아니요, 아무것도 아닙니다."

그래도 그건. 그래도 그것은 가능성을 짓밟는 일이 아닐까? 진정으로 훌륭한 소리, 심장이 떨리는 소리와 만날 가능성. 내가 고등학교 체육관에서 만난 것처럼.

내가 그런 소리를 제공할 수 있으리라는 보장은 없다. 나는 아직 한참 멀었다. 그래도 그 소리를 목표로 하지 않으면 영원히 도달하지 못하리라.

갑자기 기온이 올라가서 밖을 걷기만 해도 기분이 밝아졌다. 쉬는 날에는 그다지 외출하지 않는데 이런 날에는 나오기 잘했다. 약속이 있어서 다행이다.

지금쯤 자작나무 어린잎이 일제히 움텄을까? 길을 걸으면서 산속 작은 마을을 떠올렸다. 내가 집을 떠나고 남동생은 남았던 그 봄날. 마을에는 의무교육을 받을 수 있는 초등학교와 중학교가 하나씩 있다. 고등학교가 없으니까 만으로 열다섯 살이 되는 해에는 마을을, 즉 산을, 그리고 집을 나와야 한다. 그런 의미에서 평등했을 것이다. 두 살 터울이니까 내가 나온 2년 후에 남동생도 집을 나온다. 그저 그뿐인데 왠지 모르게 계산이 안 맞는 것 같았다. 남동생이 더 오래 산에 머문다는 생각이 들었다. 철이 들었을 무렵부터 남동생은 이미 존재했으므로 당연히 똑같은 시간을 보냈다. 내가 2년 일찍 집을 나온다는 것은 역시 남동생이 2년만큼 더 오래 집에 있는 셈이 되지 않나?

이 가설을 말한 적은 없다. 바보 같은 이야기일 테니까. 그렇지만 아무리 생각해도 내가 집에 있는 것보다는 남동생이 집에 있는 것이 나았다. 지금 이렇게 길을 걸으면서도 그때의 느낌이 틀린 것이 아니라는 생각을 한다. 집에서는 어디에 있어도 영 편하지 않았다. 특히 남동생이 생글생글 웃으며 엄마나 할머니와 말하고 있을 때면 나도 모르게 혼자 뒷문으로 빠져나와 밖으로 나갔다. 뒷마당에서 바로 연결된 숲을 정처 없이 걸으며 숲의 진한 냄새를 맡고 나무 잎사귀들이 스치는 소리를 듣다 보면 서서히 감정이 정리되었다. 어디에 있으면 좋을지 모르겠는, 어디에 있어도 침착해지지 못하는 위화감은 흙과 풀을 밟는 감촉과 나무 저 높은 곳에서 들려오는 새소리나 멀리서 들리는 짐승 소리를 듣다 보면 사라졌다. 혼자 걷고 있을 때만큼은 다 괜찮다고 느꼈다.

내가 피아노 안에서 찾은 감각도 그것이다. 다 괜찮다, 세계와 조화를 이룬다. 그 감각이 얼마나 대단한지, 말로는 전부 전달할 수 없으니까 소리로 표현할 수 있으면 좋겠다. 나는 어쩌면 피아노로 그 숲을 재연하고자 소망하는지도 모른다.

인도 옆의 작은 간판을 발견하고 비좁은 계단을 내려갔다.

지하, 어둑한 홀 입구로 가서 색지에 까만색으로 인쇄했을 뿐인 표를 건넸다.

"대충 안에 들어가서 기다려."

어제 이 표를 주면서 야나기 씨가 말했는데, 대충이라는 것은 참 어렵다. 음료 한 잔을 제공해준다고 적혀 있어서 일단 마실 것을 받으러 갔다. 관객은 나보다 조금 나이가 많아 보이고 활기찬 분위기인 사람이 대부분이었다. 활기차다기보다는 머리가 금발이거나 새빨갛거나 뾰족하게 세운, 튀는 사람들. 나와는 인간으로서 농도가 명확하게 다른 사람들. 그들과 섞이기 왠지 미안해서 조금 떨어져서 서 있었다.

종이컵에 따른 진저에일을 마시며 포스터에 적힌 밴드 이름을 읽었다. 총 일곱 밴드가 참석한다는데 전부 모르는 이름이었다. 야나기 씨는 어떤 밴드를 보러 오는 것일까?

진저에일이 너무 달아서 절반 가까이 남겼다. 종이컵에 남은 액체를 어디에 버리면 되는지 몰라서 계산대에 돌려주었다. 계산대의 여자가 힐끔 나를 보았다. 나는 이런 곳에서 어떻게 행동하면 되는지 아예 모른다.

활짝 열린 문을 지나 어둑한 홀로 들어갔다. 사람들이 무대 앞에 모여 있었다. 무대 위로 희뿌연 조명이 비치고, 스탠드 마이크 몇 개와 커다란 앰프, 스피커, 그 뒤쪽에 드럼 세트가 설치되어 있었다. 키보드가 두 대 있었지만 피아노는 없었다.

곧 공연이 시작합니다, 라고 직원이 안내하는 목소리가 들리자 로비에 있던 사람들이 일제히 홀 안으로 몰려들었다. 밀리고 또 떠밀려 점점 앞으로 갔다. 아직 야나기 씨는 오지 않았다.

홀 안에 조용히 흐르던 음악이 갑자기 멈추고 사람들이 환성을 질렀다. 새된 소리와 굵직한 소리. 반반씩 섞였다. 이래서야 야나기 씨가 오더라도 찾지 못하겠다. 또 뒤에서 떠밀렸다. 앞에서도 밀어냈다. 무대 조명이 들어오자 한층 더 큰 함성이 일었다. 무대에 밴드 멤버가 나타났다. 한 사람은 기타를 옆구리에, 한 사람은 드럼 스틱을 높이 들고, 또 한 사람은…… 그러다가 시선을 되돌렸다. 드럼 스틱을 들고 등장한 사람을 나는 알고 있다. 본 적이 있다. 누구였지, 잘 아는 것 같고 잘 모르는 것도 같은.

"에엑."

놀라움이 섞인 짧은 외침은 홀 안을 가득 울리는 함성과 기타 소리, 무엇보다 내 놀라움의 대상인 야나기 씨가 두드리기 시작한 드럼 소리에 묻혔다.

허리뼈에 직접 울리는 정확한 리듬, 밀어 올리는 것 같은 베이스, 질주하는 기타, 반짝이는 보컬. 감각이 마비되었다. 주변은 펄쩍펄쩍 뛰고 함성을 지르고 노래하고 외치며 자기 마음대로 움직이고 있다. 특히 보컬의 일거수일투족에 홀 안이 들끓었다. 객석

상황이 잘 보이는지 야나기 씨는 즐거워 보였다. 땀이 흩날렸다.

하지만 소리가 너무 컸다. 노래를 잘하는지, 소리가 좋은지 나쁜지 판단할 수 없을 정도였다. 아마 그런 것은 아무래도 좋겠지. 이곳에서 맛보는 매력은 그런 것이 아닐 것이다. 무대 위에 있는 야나기 씨가 눈부셨다.

밴드는 총 네 곡을 연주하고 박수와 함성을 받으며 떠났다. 홀에 다시 조명이 들어와 홀의 긴장이 풀어졌다. 그 틈을 타 인파를 헤치고 로비로 나갔다.

야나기 씨가 밴드를 하고 있을 줄이야. 그것도 드럼을 담당하다니 놀랐다. 왜 하필이면 드럼이지? 처음 든 생각은 '귀에 나쁘지 않을까?'였다. 노래가 끝났는데도 여전히 귀가 웅웅 울린다.

도무라 씨?

이름을 불린 것 같았다. 환청이다. 수많은 사람이 멀리서 혹은 가까이에서 내게 말을 거는 착각에 빠졌다. 라이브하우스에서는 폭발적인 소리에 주의해야 한다.

도무라 씨?

또 환청이다. 귀를 너무 혹사했나 보다. 야나기 씨는 여기로 올까? 밴드 멤버들과 술을 마시러 가지 않을까?

"저기, 도무라 씨지?"

누군가 내 귀에 대고 또렷하게 이름을 불렀다. 돌아보니 처음

보는 여자였다. 짧은 머리에 목이 길고 참 아름다운 사람이었다.

"아아, 역시."

그 사람이 생긋 웃었다.

"나는 하마노야. 아주 예전부터 야나기의…… 야나기 씨의 친구. 잠깐 여기에서 기다리라고 하더라. 도무라 씨가 온다고. 들은 대로다. 금방 알아봤어."

어떤 식으로 들은 그대로일지 잠깐 고민했다. 그래도 생긋 웃는 웃음 앞에서 무력해졌다.

"어, 안녕하세요. 처음 뵙겠습니다."

"반가워."

인사를 주고받았다. 야나기 씨를 야나기라고 부른 이 사람의 목소리가 경쾌해서 마치 다른 사람의 이름을 말하는 것처럼 들렸다. 야나기 씨와 야나기는 어쩌면 다른 사람일지도 모른다고 생각했다.

홀 문이 다시 닫혔다. 다음 밴드가 연주를 시작했나 보다.

"야나기 씨의 드럼, 좋았어요."

나는 조심조심 말했다. 혹시 다른 야나기 씨의 이야기일지도 모른다고 절반쯤 생각하면서.

"정확하지? 꼭 메트로놈처럼."

나는 고개를 끄덕였다.

"정확하고 힘이 넘치고 정말 즐거워 보였어요."

"응, 진짜 좋았어. 즐거워 보였고."

하마노 씨가 웃으면서 담배에 불을 붙였다.

"야나기는 메트로놈을 좋아해."

그녀는 헤헤헤 웃었다.

"이런 이야기한 거 들키면 혼날지도 몰라."

그러더니 담배 연기를 후우 내뿜었다.

"야나기와는 어려서부터 친구야. 벌써 20년 이상이나 알고 지
냈지. 서로 뭐든지 다 알고 있어."

이렇게 아름다운 사람과 서로 뭐든지 다 알고 있다니 대단하
다. 아름다운 사람이라는 부분이 아니라 서로 뭐든지 아는 상대
라는 점이 나는 상상이 되지 않았다.

담배를 든 왼손 약지에 은반지가 희미하게 빛났다. 저번에 야
나기 씨가 리본을 달아서 건네려던 반지일까? 해골 장식이 인상
적이지만.

"도무라 씨, 야나기를 잘 부탁해."

"아, 아니요, 제가 신세를 잔뜩 지는걸요."

내가 손사래를 치자 하마노 씨가 예쁜 입술을 앙다물었다.

"저래 보여도 야나기는 섬세해."

"그런가요?"

"공중전화가 힘들대."

잘 들리지 않았다. 조금 전에 시달린 큰 음량 때문에 귓속이 막힌 것 같았다. 내가 멍청한 표정을 짓고 있자 하마노 씨가 설명해 주었다.

"그러니까 공중전화는 눈에 띄라고 일부러 부자연스러운 색을 칠하잖아. 그 황록색이 도저히 안 되겠대. 용서할 수 없대."

여전히 알아듣지 못하겠다. 무슨 말을 하는지 이해가 되지 않았다. 용서할 수 없다는 말이 뭉게뭉게 떠다니는 느낌이었다.

"저기, 황록색을 용서할 수 없다는 것이 무슨 뜻이죠?"

담뱃불을 쓱 끄는 하마노 씨의 손톱이 반짝였다.

"길을 걷다가 공중전화가 눈에 들어오면 기분이 나빠진대. 신경과민이야. 야나기의 눈에는 보여서는 안 될 것들이 잔뜩 보이거든. 유령 같은 건 아니고 보고 싶지 않은 대상이라고 해야겠지. 예를 들어서 야나기는 화려한 간판도 아주 혐오해. 이 세상의 적이라지 뭐야."

하마노 씨는 말을 마치고 내가 이해하고 있는지 확인하려는 듯이 내 눈을 들여다보았다.

"전화나 간판을 용서하지 못할 때는 어떻게 하나요?"

"그럴 때는 그대로 돌아와서 잔대."

돌아와서 잔다. 남들 눈에는 얼마나 제멋대로인 행동으로 보일까. 그래도 용서하지 못하는 대상에게 보이는 반응치고는 상당히 양호하다.

"그런데 그랬다가는 살아가기 너무 힘들지 않겠어? 나는 그 녀석이 집에 틀어박혀서 아예 안 나올지도 모른다고 생각했어."

그러지 않아서 다행이다. 용서하지 못하는 대상이 많은 이 세계를 극복했을까. 무엇이 야나기 씨를 구했을까. 눈앞에 있는 하마노 씨일까.

"그리고 길을 걷다 보면 갑자기 지면이 지저분해 보인다는 말도 했어."

"사실은 깨끗한데 그렇게 보인다는 건가요?"

역시 이해가 되지 않아 되물었다.

"걷고 있는 길, 그러니까 세계, 혹은 인생. 그게 미칠 듯이 더럽게 보인다더라."

농담처럼 들렸다. 야나기와 야나기 씨가 잘 겹치지 않았다.

"실례이지. 멀쩡히 걸어 다니는 이쪽이 무신경한 것 같잖아?"

"제가 아는 야나기 씨는 다정하고 견실한 분이어서, 음, 그렇게 예민하신 줄은 몰랐는데요."

조심스럽게 느낌을 말했다.

"그러니까. 다정하고 견실한 사람으로 성장할 때까지 힘들었어. 신경과민에 사춘기 특유의 증폭 장치까지 달려 있었으니까.

그때는 뭘 봐도 기분이 나빠져서 머리를 감싸 안고 구토를 억누르며 필사적으로 도망칠 곳을 찾았어. 하지만 안심할 수 있는 안전한 장소가 어디에도 없었지. 청결하고 감정이 흐트러지지 않을 그런 곳 말이야. 집에 돌아가 이불을 뒤집어쓰고 자는 게 제일이었던 것 같아. 그러지 못할 때는 눈을 감고 귀를 막고 쭈그려 앉았어. 등을 천천히 쓸어달라고 부탁해서 계속 쓰다듬어줬지."

지금의 야나기 씨에서는 전혀 상상이 되지 않는 모습이었다.

"메트로놈이 구해줬어."

하마노 씨는 장난처럼 가볍게 말했다.

"메트로놈 알지? 아날로그, 태엽으로 감는 거. 그 소리를 들으면 차분해지는 걸 발견했대. 정확하게 발견이라고 말했어. 내가 없을 때라도 메트로놈이 있으면 괜찮다고 하더라. 그래서 온종일 태엽을 감아서 째깍째깍 째깍째깍 울리곤 했어. 같이 있으면 내가 미칠 것 같았지만."

메트로놈. 마침내 야나기 씨에 도달한 것 같았다. 하마노 씨의 이야기가 내 몸으로 쑥 들어와 내 안에 있는 야나기 씨의 이미지가 한층 부풀었다.

무엇인가에 의지하고 지팡이로 삼아 일어나는 것. 세계의 질서를 세워주는 것. 그것이 있기에 살 수 있고 없으면 살 수 없는 그런 것.

"그런 것이라면 조금은 이해할 수 있습니다."

나는 말했다. 고등학교 체육관에서 이타도리 씨가 울린 피아노를 들었을 때, 이것이 있으면 살아갈 수 있다고 생각했다.

하마노 씨는 "응" 하고 고개를 끄덕였다. 종이컵의 아이스티에 대량으로 띄운 자잘한 얼음을 빨대로 모아 입에 넣고 아작아작 씹었다.

"그다음 발견이."

그리고 신이 나서 말하려는 순간, 야나기 씨가 나타났다.

"오오, 도무라."

흥분한 표정으로 다가왔다.

"어땠어? 즐거웠어?"

"좀 더 시간이 걸릴 줄 알았는데 빨리 왔네."

하마노 씨가 작은 목소리로 말하면서 아이스티를 빨대로 휘저었다.

"뭐야, 기다리게 하면 미안하니까 서둘러 온 건데."

"야나기 씨, 드럼 좋았어요."

"오오, 고마워. 지금부터 같이 밥 먹으러 갈 거지?"

야나기 씨가 당연하다는 듯이 권유했지만 거절했다.

"어, 안 갈 거야?"

하마노 씨도 놀란 표정이었다.

"아직 이야기 안 끝났는데. 지금부터 더 재미있어질 거야."

허둥거리는 하마노 씨에게 야나기 씨가 물었다.

"뭔데, 뭔데? 무슨 이야기를 했는데?"

내가 대신 대답했다.

"발견 이야기요."

하마노 씨가 헤헤 웃었다.

"그럼 또 다음에."

"네, 다음에요."

나는 둘에게 인사한 후 홀에서 지상으로 연결된 계단을 따라 올라갔다.

하마노 씨는 야나기 씨의 발견 이전에도 분명 그곳에 있었다. 야나기 씨의 세계에 원래 존재했다. 그렇기에 야나기 씨는 안심하고 다른 무언가를 발견할 수 있었다.

메트로놈 다음으로 한 발견은 대충 상상이 갔다. 있으면 감정이 차분해지는 것. 하마노 씨가 등을 쓸어주지 않아도 어떻게든 견딜 수 있는 것. 소리굽쇠이거나 드럼이거나, 어쩌면 피아노이거나. 그것이 있으면 아무리 더러운 세계에서라도 길을 찾을 수 있다. 더러운 세계에서 시선을 피하기 위한 도구가 아니다. 앞을 보게 하는 힘이다. 몇 가지 발견 덕분에 야나기는 지금의 야나기 씨가 되었다. 피아노를 조율하고 음을 만든다, 이 세계에 음을 내보

낸다, 그런 마음이 야나기 씨를 똑바로 세워서 걷게 해준다고 생각했다.

지저분해 보이는 이 세계를 야나기 씨는 용서했을까, 아니면 용서받았을까.

지하에서 올라오니 거리가 눈부셨다. 하늘이 맑아 기분이 좋아지는 4월이었다.

눈이 오는 날은 따뜻하다. 홋카이도 도민이 공유하는 감각이다. 몸서리치게 추운 날에는 눈이 오지 않는다. 하늘이 시원시원하게 맑아 파란색이 눈을 자극한다. 단, 한겨울일 때만 해당한다. 5월에 내리는 눈은 당연히 춥다.

계절감 없는 눈이 내려서 그런지 오늘은 거리가 왠지 소란스러워 보였다.

"벌써 5월 중순인데 눈이라니."

야나기 씨가 원망스럽게 하늘을 올려다보았다.

"날씨가 이상하면 상태가 안 좋아진단 말이지."

이제 막 부풀기 시작한 벚꽃 봉오리에 눈이 살짝 쌓였다.

"꽃이 피면 좋을 텐데."

도시와 산은 기후도 다르다. 산에서는 이 시기에 눈이 흔하다. 5월 황금연휴가 끝날 무렵에 눈이 한 번 내려 쌓였다가 녹을 즈음에야 드디어 봄이 시작되었다. 아직 내리네, 또 내리네……. 이렇게 경계하면서 3월을 지내고 4월을 이겨내고 마침내 5월. 마지막 눈이 녹고 따뜻해지는 시기에 맞춰 비로소 벚꽃이 핀다. 벚꽃에 타임스케줄이 내장되어서 꽃을 피울 시기라도 기온이 잘 맞지 않으면 개화를 늦춰야겠다고 판단하는 것 같다.

"꽃놀이는 그렇다 쳐도 피아노 말이야, 모처럼 조율했는데 이렇게 눈이 오면 어긋나잖아."

조율은 피아노를 자주 치는 집이라면 반년에 한 번, 일반 가정집이라면 1년에 한 번이면 된다. 매년 대체로 정해진 시기에 조율한다. 같은 시기에 조율하면 일정한 조건에서 피아노의 상태를 살필 수 있기 때문이다. 온도와 습도와 기압에 따라 피아노의 상태는 많이 달라진다.

오늘은 야나기 씨와 함께 조율하러 가는 날이다. 정확히 말하면 재조율이다. 그냥도 마음이 무거운데 눈까지 내렸다.

"역시 좋다니까, 야나기 씨의 조율은."

거침없이 시험 연주를 마친 뒤, 의뢰인은 신이 나서 말했다. 바에서 피아노를 연주하는 가미조라는 남자이다.

"내 요청에 완벽하게 대응해줘. 아니, 그 이상이야. 내가 부탁한 그 이상까지 해준다니까. 매일이라도 와줬으면 좋겠어."

그는 턱수염을 쓰다듬으며 입가에 미소를 지었다.

야나기 씨는 가볍게 묵례하며 "고맙습니다"라고 대답했다.

"나도 요즘에는 영 기운이 없는 날이 있거든. 그럴 때는 터치를 좀 더 가볍게 해달라고 하고, 아니지, 기운이 없을 때는 없는 대로 묵직한 소리를 만들어달라고 해도 괜찮겠는데? 오늘의 내 상태에 맞게 소리를 내면 손님도 기뻐하지 않을까?"

의기양양한 그 말은 단순히 기분이 좋아서가 아니라 나를 한껏 비꼬려는 심리도 포함되었을 것이다.

야나기 씨에서 나로 담당이 바뀌어 한 달쯤 전에 첫 조율을 했다. 자세히는 모르지만 프로 피아니스트이기는 할 것이다. 그런데 이 피아노에는 연주된 흔적이 거의 없었고 손질도 되지 않고 있었다. 내가 조율할 때 이 사람은 피아노 근처에 오지도 않았다. 애초에 특정한 요청도 하지 않았다.

이상하게 피아노 소리가 잘 뻗지 않는데 담당이 바뀌었기 때문이 아닐까, 이런 클레임이 지난주에 들어왔다. 조율하고 한 달이나 지났으니까 무료로 재조율해주는 기간은 지났다. 그래도 다른 조율사가 다시 해주길 바란다고 요청했다.

야나기 씨가 조율하는 모습을 옆에서 지켜보았다. 오지 않아도 된다고 했지만 내 눈으로 확인해두고 싶었다. 늘 그렇듯이 야나기 씨의 솜씨는 뛰어났다. 민첩하게 조율을 진행하는 모습을 보고 있자니 야나기 씨에게 맡기면 안심이 되는 기분도 이해가 됐다. 반대로 내게 맡기면 불안한 기분도 잘 알겠다. 완전히 똑같이 조율해서 똑같은 음색을 만들더라도 만족도는 다를 것이다.

"임프로비제이션, 알아?"

가미조 씨는 야나기 씨에게 말을 걸었다.

"즉흥연주죠."

"역시 대단해, 야나기 씨는."

가미조 씨는 웃는 얼굴을 억지로 꾸몄다.

"나는 가게에서 임프로비제이션 요청을 자주 받거든. 아아, 당연히 어렵지. 가게에 오는 손님이 바라는 곡은 정말 고난도란 말이야. 그래도 진검승부니까 긴장감이 넘쳐."

야나기 씨가 "네" 하고 이야기를 받았다.

"내가 무슨 말을 하고 싶은지 알겠지? 나에게는 임프로비제이션이 중요해. 그래서 조율사가 내 의도를 읽고 지금 기분에 맞춘 울림을 만들어주기를 바란다고."

"최대한 고객의 요구에 맞추려고 노력하고 있습니다."

야나기 씨의 딱딱한 대답이 마음에 들지 않았는지 가미조 씨의 얼굴에서 웃음기가 사라졌다.

"하지만 이 사람, 수습이잖아? 왜 이런 애를 보낸 거야. 나, 이래 보여도 피아노로 밥을 벌어 먹고사는 사람이야. 댁의 악기점, 단골로 삼았는데 날 우습게 본 건가?"

고개를 푹 숙인 내 쪽은 보지도 않고, 가미조 씨는 거칠게 항의했다.

"도무라는 수습이 아닙니다. 우리 가게의 정식 조율 기술자입니다."

"하지만 실력이 없어."

가미조 씨가 쏘아붙였다.

"아닙니다. 도무라는 어리지만 실력은 확실합니다."

야나기 씨가 거듭 설득했지만 가미조 씨는 팔짱을 끼고 고개를 저을 뿐이었다.

겨우 한 달 만에 재조정. 규정된 조율 요금을 또 내야 하지만 가미조 씨는 망설이지 않았다. 가미조 씨는 두 번 다시 우리에게 조율을 부탁하지 않을지도 모른다.

"확실히 전속 조율사가 매일 피아노를 조정해주면 피아니스트는 연주하기 참 편하겠어요."

흩날리는 눈을 헤치며 주차장으로 걸어가다가 말했다. 그렇게

말하면서, 이 말 속에 어렴풋하게나마 길을 제시해주는 무언가가
숨어 있는 것 같다고 생각했다.

"콘서트홀이라면 그럴지도 모르지만."

야나기 씨가 무뚝뚝하게 입을 열었다. 기분이 나빠 보였다.

"매일 기분에 따라 음색을 바꾸면 안 되지 않겠어? 피아노는
그런 악기가 아니니까."

그럴지도 모른다. 피아노 음색은 피아니스트 혼자 정하는 것이
아니다. 피아노에는 개성이 있다. 피아니스트에게도 개성이 있다.
그 두 개성이 잘 맞물려야 비로소 음색이 정해진다. 피아니스트
가 피아노와의 관계를 믿고 연주해주기를 우리는 바란다.

"예를 들어 맛있는 레스토랑이 있다고 쳐볼까."

또 왔구나 싶어서 긴장했다. 야나기 씨의 말에는 정말이지 비
유가 많다. 특히 음식과 관련한 비유가 많다.

"그날 내 상태나 기분에 딱 맞는 메뉴를 만들어준다면 그야 좋
겠지. 그렇지만 그 가게의 맛을 믿는다면 자기에게 맞춰서 날마
다 맛을 바꿔달라고 말하지 않을 거야. 어이, 도무라. 그렇게 말하
겠어?"

"말 안 하죠."

"그렇지. 가게의 메뉴에 우리가 맞추려고 하지 않겠어? 정말
맛있는 메뉴를 먹으러 간다는 마음가짐이 손님에게도 당연히 있

어야 해."

말없이 고개를 끄덕였다. 야나기 씨가 하려는 말은 알겠다. 그렇지만 야나기 씨는 자신감이 있으니까 그렇게 말할 수 있는 것이다. 조율사가 어떤 음색으로 조정해도 최종 책임은 피아니스트에게 있다. 그러나 가미조 씨의 말도 이해한다.

"뭐, 훌륭한 레스토랑이라면 처음 먹는 한입으로 맛있다고 생각하게끔 해야겠지."

"네."

정말로 실력이 뛰어난 요리사라면 처음 먹는 한입만이 아니라 마지막으로 먹는 한입까지 손님이 맛있게 먹을 수 있게 고심할 것이다. 피아노 소리도 마찬가지다. 제일 처음 소리가 디로롱 울렸을 때, 놀라움을 줄 수 있는 좋은 소리를 만들고 싶다. 그러나 마지막까지 기분 좋게 울리는 소리여야 한다.

어려운 주문이다. 처음 한입으로 마음에 쏙 들 맛, 소리. 마지막까지 맛있다고 느낄 맛, 소리. 나는, 누군가가 나를 계속 만나다가 조금씩 친숙해지면서 제법 괜찮은 녀석이라고 생각해준다면 그것으로 만족한다. 조율하는 인간이 이렇게 어수룩한데 내가 자아내는 소리가 처음부터 상대의 마음을 확 사로잡을 리가 없다.

야나기 씨가 입을 꾹 다물더니 나를 보았다.

"기운 차려."

어깨를 툭툭 가볍게 쳐주었다.

"절대로 잘못하지 않았으니까."

"고맙습니다."

이렇게 마음을 쓰게 해서 미안했다. 만약 정말로 잘못하지 않았다면 왜 클레임을 넣었을까. 단호하게 실력이 없다고까지 말했다.

"단순히 분풀이였을 뿐이야. 툭하면 있는 일이고. 연연하는 게 오히려 어리석어."

야나기 씨는 여전히 할 말이 남았는지 한동안 우산 너머로 희뿌연 하늘을 바라보면서 걷다가 나를 보지 않고 말했다.

"도무라가 하는 노력은 헛되지 않아."

"……네?"

무심코 되묻자 야나기 씨도 놀랐는지 에엑? 하고 작게 소리를 냈다. 우리는 멈춰 서서 얼굴을 마주 보았다.

"헛되다는 생각을 해본 적이 없었어요."

솔직히 말하자 야나기 씨는 후후 웃었다.

"좋겠다, 너는. 그래, 헛되다는 생각을 해본 적이 없구나."

후후가 곧 하하로 변한다 싶더니 야나기 씨는 자동차 문을 붙잡은 채로 아하하하하 웃었다. 그러더니 의아하다는 듯이 물었다.

"헛된 짓이 아닌지 후회하거나 반성해본 적도 없어? 그러니까 헛되다는 개념 자체가 없나?"

"아니요, 말뜻은 알죠."

허둥거리며 대답했다.

"그야 그렇겠지."

"잘 모르겠어요. 헛되다는 게 정확히 뭔지."

무엇 하나 헛되지 않다는 생각도 들고, 전부 다 완벽하게 헛된 짓이라는 생각도 든다. 피아노와 마주하는 것도, 지금 내가 여기 있는 것도.

"거봐."

야나기 씨가 까만 우산을 팡팡 열었다 닫았다 하며 눈을 털었다. 도민에게는 익숙하지 않은 우산이지만, 소중한 조율 도구를 들고 다니는 우리는 항상 사용한다.

"그게 바로 헛되다는 개념이 없다는 말이고, 나아가 헛되다는 단어를 모른다는 것 아니겠어?"

야나기 씨는 차에 타면서 의기양양하게 말했다.

"도무라는 아무것도 몰라. 그 점이 대단해. 오히려 내가 너한테 대단한 걸 배우고 있는 기분이 들 정도야."

"하아, 고맙습니다."

모호하게 대답하고 시동을 걸었다.

숲에는 지름길이 없다. 자신의 기술을 연마하며 한 걸음씩 나아갈 수밖에 없다.

그런데도 종종 갈망한다. 기적의 귀를, 기적의 손가락을 내가 갖고 있지 않을까. 어느 날 갑자기 꽃피지 않을까. 머릿속에 그린 피아노 소리를 당장 이 손으로 만들어낼 수 있다면 얼마나 근사할까. 내가 목표로 하는 지점은 저 먼 곳에 있는 그 숲이다. 그곳까지 한달음에 갈 수만 있다면.

"그래도 역시, 헛된 일이란 사실 없는 것 같아요."

계절에 어울리지 않게 살짝 쌓인 눈 위로 차를 천천히 몰았다.

"가끔 생각하는데, 너는 무욕이라는 껍질을 뒤집어썼으면서 사실은 무지막지하게 욕심쟁이인 거 아냐?"

야나기 씨가 조수석을 뒤로 젖히고 기지개를 켰다.

만약 조율이 개인 종목이라면 약간의 편법을 사용해도 괜찮다. 걷지 않고 택시를 타고 목적지까지 향해도 괜찮다. 목적지에 가서 조율하는 것만이 목적이라면.

하지만 조율사의 일은 혼자서 완성하는 것이 아니다. 그 피아노를 연주하는 사람이 있어야만 비로소 보람이 생긴다. 그래서 걸어갈 수밖에 없다. 연주하는 누군가의 요구를 들으려면 한걸음에 달려서 목적지까지 가면 안 된다. 고치지 못하니까. 한 걸음씩, 한 걸음씩, 확인하면서 접근한다. 그 여정을 침착하게 걸어가기에 발자국이 남는다. 언젠가 길을 잃어 돌아와야 할 때, 그 발자국이 표식이 되어준다. 어디까지 돌아가면 되는지, 어디에서 틀렸는지 확인할 수 있다. 수정도 할 수 있다. 누군가의 요청을 듣고 다시 해보는 것도 가능하지 않을까? 수도 없이 고생하고 어디에서 어떻게 틀렸는지 전부 자신의 귀와 몸으로 기억하고, 그러면서도 목표로 하는 그곳을 향해 가니까 연주자의 희망을 듣고 이루어줄 수 있다.

"아."

조그맣게 탄성을 발했을 뿐인데 조수석에서 눈을 감고 있던 야나기 씨가 벌떡 몸을 일으켰다.

"왜 그래?"

"아니요."

"조심해, 겨울용 타이어가 아니니까. 아아, 대체 왜 이 계절에 눈이 이렇게 오는 거야."

"평판 좋은 라면집이."

"응?"

처음 한입으로 인상에 남으려고 맛을 진하게 하는 이유는 누가 먹을지 모르기 때문이다. 누가 먹을지 안다면 그 사람 입맛에 맞게 만들 수 있다.

"들렀다 갈까?"

야나기 씨가 기뻐하며 나를 보았다.

"좋지, 가끔은. 들렀다 가자. 어디야, 그 평판 좋다는 라면집이."

"죄송해요. 비유입니다."

멍한 표정 위로 대놓고 낙담하는 빛이 퍼졌다.

"찾아둘게요, 맛있는 곳."

야나기 씨는 다시 눈을 감았다.

운전하면서 오늘의 자초지종을 되짚었다. 아니라는 생각이 들었다. 조금 전의 그 일은 단순한 괴롭힘이 아니었다. 역시 내 소리에 무엇인가가 부족했다. 가미조 씨는 근면한 피아니스트가 아니어서 자택 피아노를 오랜만에 쳤을지도 모른다. 그때 무엇인가 다르다고 생각했을 것이다. 이 피아노, 평소와 다르다고.

야나기 씨가 할 수 있는 것을 나는 하지 못한다. 알고는 있었지만 이렇게 거절이라는 형태로 고객이 들이밀면 두렵다. 구체적으로 무엇을 하지 못하고 무엇이 부족한지 몰라서 두렵다.

"두려워? 뭐가?"

잠든 줄 알았던 야나기 씨가 갑자기 말을 걸어서 놀랐다. 동시에 부끄러웠다. 머리로 한 생각이 무심코 말로 나왔나 보다.

"혹시 두렵지 않으셨어요? 신입일 때, 만약 이대로 조율 실력이 좋아지지 않으면 어떻게 해야 할지 걱정하지 않으셨나요?"

야나기 씨는 깊이 눕힌 조수석에 앉아 눈으로만 나를 보았다.

"두렵지 않았던 것 같아. 아닌가, 두려웠던가."

그러더니 눈을 가늘게 떴다.

"두려워?"

묵묵히 긍정했다.

"그래도 괜찮지 않겠어? 두려우면 필사적이 되니까. 온 힘을 다해 실력을 기를 테니까. 조금 더 그 두려움을 느껴봐. 두려운 것이 당연해. 지금 도무라는 엄청난 기세로 많은 것을 흡수하는 중이니까."

그러더니 쿡쿡 소리 내어 웃었다.

"괜찮아, 도무라는."

"괜찮지 않아요. 초조하고 두렵기만 해서⋯⋯."

야나기 씨가 한 손을 들어 내 말을 막았다.

"누구였더라? 업무와 별개로 매일같이 사무소의 피아노를 조율한 사람이. 어림잡아서 몇 대나 조율했다고 생각해? 사무소 책장에 조율에 관한 책을 몇 권이나 갖고 있지? 그렇게 읽고 공부하면 지식도 생겨. 또 집에서는 밤마다 피아노곡을 듣고 있잖아. 괜찮으니까 지금은 마음껏 두려워하셔."

두려워해도 현실은 훨씬 더 무섭다. 원하는 조율을 도무지 하지 못한다.

"조율에도 재능이 필요하지 않을까요?"

큰마음을 먹고 묻자, 야나기 씨가 나를 바라보았다.

"그야 재능도 당연히 필요하지 않을까?"

역시. 필요하다는 말을 들어서 오히려 안심할 정도였다. 하지만 지금은 아직 재능에 대해 생각할 단계가 아니다. 나는 재능이 있는지 시험당할 단계에도 아직 도달하지 못했다.

내게는 재능이 없다. 그렇게 말해버리니 차라리 편했다. 하지만 조율사에게 필요한 것은 재능이 아니다. 적어도 지금 단계에서 필요한 것은 재능이 아니다. 그렇게 생각하면서 자신을 격려해왔다. 재능이라는 단어로 도망치면 안 된다. 포기할 구실로 삼아서는 안 된다. 경험이나 훈련, 노력이나 지혜, 재치, 끈기, 그리고 정열. 재능이 부족하다면 그런 것들로 대신하자. 어쩌면 언젠가, 도저히 대신할 수 없는 무언가의 존재를 깨닫는다면 그때 포기해도 되지 않을까? 두렵지만. 자신에게 재능이 없음을 인정하는 것은 분명 몹시 두려운 일이다.

"재능이란 무지막지하게 좋아하는 감정이 아닐까? 무슨 일이 있어도 그 대상에서 떨어지지 않은 집념이나 투지나, 그 비슷한 무언가. 나는 그렇게 생각해."

야나기 씨가 차분하게 말했다.

아키노 씨를 불렀으나 대답이 없었다.

"아키노 씨."

다시 한 번 부르자 그제야 들었는지 눈을 치켜떴다.

"뭐야?"

왼손을 왼쪽 귀로 올리나 싶더니 귀에서 무엇인가를 꺼냈다.

"뭐예요, 그게?"

"귀마개."

주변 잡음이 시끄러운가? 그렇게 생각하다가 깨달았다. 조율을 위해서 귀를 소중히 아끼는 것이다.

"나 귀가 민감하거든."

아키노 씨가 진지하게 말했다.

"그래서 무슨 용건이야?"

"견학하게 해주실 수 있나요?"

"응? 뭐를."

아키노 씨가 말하는 그 돈샤리를 배우고 싶다. 내게 얼마나 많은 것이 부족한지 자각했기에 그런 생각이 들었다.

"아키노 씨의 조율이요. 부탁합니다."

고개를 숙여 부탁하자 그는 떫은 표정을 지었다.

"싫어. 일하기 불편해."

"죄송합니다. 그래도 이렇게 부탁합니다. 보여주세요."

다시 한 번 고개를 숙이자, 아키노 씨는 손바닥 위에 올린 노란

색 귀마개를 한동안 바라보다가 말했다.

"본다고 딱히 재미는 없을 텐데."

떨떠름한 반응이었지만 승낙해주었다고 해석하고 냉큼 인사했다.

"고맙습니다."

"그렇게 기대할 게 못 된다고. 평범한 조율이야."

그 평범함을 알고 싶다. 아키노 씨의 평범함을 보고 싶다.

"잘 부탁합니다."

아키노 씨는 떫은 표정으로 다시 귀마개를 끼웠다.

다음 날, 아키노 씨를 따라서 간 집은 평범한 가정집이었다. 특별할 것 없는 단독주택으로, 피아노는 보급형 업라이트. 그런데 아키노 씨의 조율은 보통이 아니었다.

굉장히 빨랐다. 지금까지 본 그 누구의 작업보다 빨랐다. 보통 두 시간쯤 걸리는 공정을 그 절반의 시간에 해치웠다. 게다가 아주 간단하게 해내는 것처럼 보였다. 조율이 아주 간단한 작업이라는 착각이 들 정도였다. 군더더기 없이 정확했다. 순식간에 조율을 마치고 떼어낸 앞판을 제자리에 끼우고 건반과 마호가니 뚜껑을 천으로 쓱 닦았다. 원래 피아노 위에 있던 바이엘 교습본을 제자리에 돌려놓은 뒤, 안방을 향해 말을 걸었다. 평소 모습으로는 상상하지도 못할 친절한 태도로 의뢰인인 여성과 대화를 나눈

후, 1년 후에 할 조율의 대략적인 일정까지 정했다.

붙임성 좋게 집 현관을 나서자마자 평소의 무뚝뚝한 아키노 씨로 돌아왔다. 조금 떨어진 곳에 세워둔 차까지 나란히 걸었다.

"그다지 재미없었지?"

나는 아니라고 대답했다.

"재미있었습니다."

"그래? 나는 재미없었어."

"죄송합니다."

"아아, 그런 의미가 아니었어."

내가 사과하자 아키노 씨는 가볍게 손을 흔들었다.

"작업이 금방 끝났잖아. 저 집에서는 소리를 맞추는 것 외에 특별한 일을 하지 않았어. 봤어? 초등학생이 바이엘을 치고 있어."

교습본을 보기는 했다. 그렇지만 초등학생이 바이엘을 치는 일이야 드물지 않다. 드물지 않으니까 재미없다는 것일까?

"의자 높이를 보면 알 수 있잖아? 저 집 자녀는 벌써 초등학교 고학년이라고. 그런데 바이엘이야. 그건 피아노에 열의가 없다는 뜻이지."

"그런가요?"

맞장구는 쳤지만 무엇인가 이상했다. 연주자에게 열의가 없다고 해서 조율을 열심히 안 해도 되는 것은 아니니까.

게다가 나는 바이엘을 좋아한다. 언제더라, 길을 가던 도중에 어느 집에서 피아노 소리가 들렸다. 솔직하고 다정한 음색이었다. 좋다고 생각했는데 바이엘을 치는 중이었다.

"말해두겠는데, 빨리했지만 절대 대충하지는 않았어. 나, 소리를 맞추는 정도라면 30분 정도면 충분히 하거든."

눈으로 똑똑히 봤으니까 안다. 아키노 씨의 조율은 경험과 기술을 뒷받침 삼아 망설임이 없었다. 그래서 빨랐다.

"전에 고객에 따라서 조율을 바꾸는 것은 이해할 수 없다, 이 비슷한 이야기를 네가 한 적이 있었지."

기억하고 있었다. 뜻밖이었다. 그야 나는 그렇게 생각하지만 굳이 말하지는 않았고 아키노 씨가 신경을 쓰고 있을 줄은, 게다가 지금까지 기억하고 있을 줄은 몰랐다.

"평소 50cc 오토바이를 타는 사람은 할리 데이비슨을 못 타. 그거랑 같아. 반응이 너무 잘 오게 조율하면 기술이 없는 사람은 오히려 다루기 힘들어."

차 문을 열며 소심한 반론을 시도했다.

"하지만 할리 데이비슨도 연습하면 탈 수 있잖아요."

"그걸 탈 마음의 유무에 따라 다르지. 최소한 지금은 아직 못 타. 탈 마음도 없어. 그렇다면 50cc를 최대한 정비해주는 편이 친절한 것이라고 생각해."

어쩌면 그 말이 틀리지 않을지도 모른다.

"솔직히 말해서 나도 치는 대로 잘 울리게, 좀 더 민감하게 반응하도록 조정하고 싶어. 하지만 꾹 참아. 잘 울리지 않도록, 둔하게 조정해. 건반에 어느 정도 저항이 있어야 결점이 드러나지 않으니까. 고객에게 맞춰서 일부러 잘 울리지 않는 피아노로 조정하기도 하는 거야."

"……네."

조수석에 탄 아키노 씨는 천천히 문을 닫았다.

"재미는 없지. 이왕이면 할리 데이비슨을 하고 싶어."

아키노 씨는 그렇게 말하고 창밖을 바라보았다.

아무 말도 할 수 없었다. 조율을 못 하는 것이 아니다. 안 한다. 성능이 너무 좋은 피아노는 연주해낼 수 없으니까. 연주하지 못하는 사람을 얕잡아 보는 것이 아니라 존중하고 있다. 아무리 타구를 잘한다고 해서 초보자인 초등학생이 갑자기 금속 배트를 들면 무거울 것이다.

"하지만 아까워요."

아키노 씨도, 피아노도, 목제 배트로 헛스윙이나 해야 하는 초등학생도.

노란 귀마개를 한 아키노 씨에게서는 이제 대답이 돌아오지 않았다.

"내년에 온다더라."

유명한 피아니스트의 이름을 말하며 기타가와 씨가 기뻐했다. 피아노의 귀공자라나 도련님이라나, 뭐 그런 별명이 있는 프랑스 출신의 인기 피아니스트이다.

네, 하고 대답했다.

"들었어요. 건너편 홀이죠."

건너편이란 지역을 의미한다.

옆 마을에 대형 홀이 있다. 그 홀에는 피아노가 몇 대 있는데, 몇 개월 전부터 표가 매진되는 유명한 피아니스트가 일본에 올 때면 반드시 그 홀의 리젠후버사社 피아노를 사용한다. 그 피아노의 존재 여부가 격조 높은 홀의 조건이라고 할 정도이니, 피아니스트 대부분이 그 홀을 선택하는 것도 어쩔 수 없다. 문제는 그 피아노는 리젠후버의 전속 조율사가 담당하기에 우리는 일절 관여하지 못한다.

"아아."

대화가 들렸는지 야나기 씨가 짐짓 어깨를 움츠렸다.

"건너편 홀 이야기군요."

명문 피아노 제조사로 역사가 깊은 리젠후버는 납품처에서 조율할 때면 반드시 자사 조율사를 파견한다. 그 지역의 조율사에게 맡기지 못하게 하거니와 건드리는 것조차 싫어한다. 그 회사의 조율사는 기술은 그야 일류이겠지만 태도가 좋지 않다고 유명하다. 명문이라고 불리는 자사 이외의 업체를 깔보는 언동을 아무렇지도 않게 한다고 들었다.

"명문이라는 단어 자체가 이미 거북해. 어차피 나랑 인연도 없고 평생 연관도 없을 회사겠지만. 나 같은 건 물구나무를 서도 못이길 거야."

"야나기 씨, 물구나무를 서면 당연히 이길 리가 없죠. 두 발로 제대로 서지 않으면 불안정하니까요."

야나기 씨는 오묘한 표정으로 나를 보았다. 농담인지 진담인지 가늠하는 모양이었다. 그러더니 곧 표정을 바꾸었다.

"그래도 우리에겐 이타도리 씨가 있어."

의기양양한 표정으로 야나기 씨가 말했다.

"명문인지 뭔지 모르겠지만 이타도리 씨의 조율을 뛰어넘는 놈이 몇 명이나 있겠어? 피아니스트와 관객을 그렇게 기쁘게 해줄 조율사가 몇 명이나 있겠냐고? 천하의 리젠후버 소속이라도 조율사의 수준은 최고도 있고 쓰레기도 있겠지. 이타도리 씨를 뛰어넘는 조율을 어디 한번 보여달라고. 어이, 그렇게 생각하지 않아, 도무라?"

나는 "하아" 하고 얼버무렸다. 아무리 그래도 쓰레기는 없을 것이다. 야나기 씨도 당연히 알고 있다. 물론 이타도리 씨의 조율 은 훌륭하다. 하지만 경쟁과는 다른 이야기다.

"자기네 피아노라고 자기네 사원들만 만지게 한다니, 그런 치 사한 짓거리가 또 어디 있어. 세상에는 피아노가 수도 없이 있고 조율사도 그만큼 있으니까 정정당당하게 대결해서 조율 권리를 획득한다면 이해할 수 있어. 하지만 이건 경쟁할 마음이 없는 거 야. 소위 말하는 명문이라고 해봤자 겨우 그런 수준이라니까. 뭐, 상관없어. 우리가 목표로 하는 것은 그런 거만함이 아니고 더 이 상적인 무언가야."

그러더니 한참 뭔가 생각에 잠긴 눈빛을 하다가 힐끔 시선을 돌리고 물었다.

"나, 지금 좀 멋진 말을 하지 않았어?"

"네? 아니요, 딱히."

솔직히 대답했다.

"그래? 뭐, 됐어."

하하, 야나기 씨는 힘없이 웃었다.

멋진 말인지는 모르겠지만 야나기 씨가 무슨 말을 하고 싶은지 이해했다. 명문이라고, 유명하다고, 거만을 떨지 말고 순수하게 실력이 좋은 조율사를 기용하면 된다고 생각하는 것이다. 그래도 실제로 피아노에 대해서는 그 메이커의 기술자인 전속 조율사가 제일 자세히 알고 있지 않을까?

"야나기."

건너편 책상에 앉은 아키노 씨가 말을 걸었다.

"목표로 하다니, 어디를?"

아키노 씨가 은테 안경을 벗고 이쪽을 바라보고 있었다.

"착각하면 안 돼."

"그런가요?"

야나기 씨는 의문형인 '요'를 지나치게 올려 대답했다. 반론하 겠다는 여지가 폴폴 풍겼다.

"목표로 하는 것이 우리 자신이 돼서는 안 돼. 콘서트가 됐든 콩쿠르가 됐든 피아노는 연주하는 사람을 위해 존재해. 조율사가 염치없이 자기주장을 해서 어쩌려고."

"염치없이 자기주장을 하자는 말이 아닙니다. 하지만 우리도 목표로 하는 곳은 있을 거예요."

목표로 하는 곳이란 어떤 곳일까. 최소한 내게는 아직 보이지 않는다.

"게다가 피아노는 연주하는 사람만을 위한 악기가 아닙니다."

야나기 씨가 말했다.

"듣는 사람을 위해서도 존재해요. 음악을 사랑하는 모든 사람을 위해서."

사무소가 고요해졌다.

안경 렌즈를 닦던 아키노 씨가 고개를 들었다.

"야나기, 지금 또 멋있는 말을 했다고 생각했지?"

아키노 씨가 후후 웃었다. 그 너머에서 기타가와 씨도 입을 틀어막고 웃고 있었다.

"아, 아셨어요?"

야나기 씨가 머리를 긁적였다. 장난을 치면서 분위기를 수습하고 끝낼 줄 알았는데 이야기는 아직 끝나지 않았다. 웬일인지 아키노 씨가 계속 이어갔다.

"일류 피아니스트에게 내가 조율한 피아노를 연주하게 하고 싶다, 그런 마음은 조율사라면 누구나 갖고 있어. 그렇지만 실제로 그럴 수 있는 사람은 아주 극소수지⋯⋯."

거기에서 잠깐 말을 끊었다.

"정말 극소수의 행운이 따르는 인간뿐이야."

행운이라고 표현했지만 사실은 다른 말을 하려던 것이 아니었을까? 그곳에 도달한 인간에 대해서.

아키노 씨의 책상 전화가 울리는 바람에 이야기는 거기에서 뚝 끊겼다.

행운을 따진다면 내게는 행운이 없다. 행운이 따르는 조율사와 나는 지금까지 들어온 소리가 완전히 다를 것이다.

숲속에서 잘 익은 호두가 호드득호드득 떨어지는 소리. 나뭇잎이 바스락바스락 스치는 소리. 나뭇가지에 쌓인 눈이 녹아 쪼르륵쪼르륵 흘러내리는 소리.

정확히는 쪼르륵쪼르륵이 아니다. 조르륵조르륵일까? 주룩주룩일 수도 있고 졸졸일 수도 있다. 의성어로는 도저히 표현하기 힘든 소리를 내 귀는 많이 알고 있다. 그런 앎이 헛되다고 생각하지 않는다. 부끄럽지도 않다. 그저, 그것만으로는 부족하다. 결정적으로 부족하다.

어려서부터 피아노와 친숙해서 피아노에 단련된 귀와 음악다운 음악을 듣지 못하고 자란 귀. 정밀도가 당연히 다르다.

그러나 내 마음에 걸린 부분은 그런 것이 아니었다. 아키노 씨의 발언에 발이 채여서 넘어질 뻔했다.

조율사라면 누구나 갖고 있을 마음. 어쩌면 나는 그 마음이 없지 않을까?

일류 피아니스트에게 내가 조율한 피아노를 연주하게 하고 싶다……. 아무리 상상하려고 노력해도 내가 조율한 피아노를 일류 피아니스트가 무대 위에서 연주하는 모습이 떠오르지 않았다.

그날 오후였다.

"취소됐어."

기타가와 씨가 연결해준 전화 통화를 마친 야나기 씨가 자리에서 일어나 내게 다가왔다. 미간을 잔뜩 찌푸리고 있었다. 드문 일이었다. 취소는 흔한 일이지만 야나기 씨의 이런 반응은 거의 보지 못했다.

"왜 그러세요?"

질문하던 도중에 퍼뜩 짐작이 갔다.

"혹시 사쿠라 씨 댁인가요?"

사쿠라 씨 댁은 유니와 가즈네의 집이다.

"그래. 쌍둥이 집."

"시험하고 겹쳤나요?"

발표회가 가까울지도 모른다. 피아노를 꼭 쳐야 해서 조율을 위해 두 시간이나 비우지 못할 수도 있다. 연습하려고 조율을 미루는 경우도 충분히 있을 법하다.

"아니, 그건 아닌 것 같아. 연기가 아니야. 취소야."

심장이 가늘게 떨리기 시작했다.

"사고가 생겼다거나."

나도 모르게 말하자 야나기 씨가 험악하게 대답했다.

"그런 말 쉽게 하지 마."

생각하고 싶지 않지만 피치 못할 사고가 생겨서 쌍둥이들이 한동안 조율을 받지 못하는 상황이 아니라면, 그렇지 않다면 대체 무슨 일일까?

"전화해볼까?"

고개를 저었다. 무기력했다. 결정적인 말을 듣기 두려웠다.

야나기 씨가 자리를 떴다. 자기 휴대전화로 직접 연락을 해볼 생각인가 보다. 하지만 나는 알고 싶지 않았다. 또 다른 가능성을 깨달았기 때문이다. 유니도 가즈네도 건강하다. 피아노도 매일 연주하고 있다. 그러나 조율을 취소했다. 앞으로 다른 곳에 부탁하기로 했으니까.

안타깝지만 불가능한 일은 아니다. 그래도 유니와 가즈네가 건강해서 피아노를 계속 연주해준다면 당연히 그편이 훨씬 낫다.

잠시 후, 야나기 씨가 돌아왔다.

"피아노를 못 치게 됐대."

믿고 싶지 않아 되물었다.

"피아노를요? 누가요?"

"모르겠어. 거기까지는 말하지 않았어. 내가 물어볼 수도 없는 노릇이니까."

유니나 가즈네. 둘 중 하나가 치지 못하게 되었다는 뜻일까.

"지금은 딸이 피아노를 연주하지 못하는 상태여서 한동안 조율을 미루고 싶다고 말씀하셨어."

딸 중에 누구일까. 그 둘 중에 누구든 피아노를 연주하지 못하는 사태는 상상하고 싶지 않았다. 하지만 내 귓가에 피아노 소리가 울리고 있었다. 어느 한 사람이든 연주하지 못하게 된 상황은 상상하기도 싫은데, 누가 계속 연주해주기를 바라는지는 금방 알았다.

뱃속에 돌덩이가 꽉꽉 들어찬 느낌이었다. 내 이 마음을 믿을 수 없었다. 상상하기 싫은 것은 상상하지 않아도 된다. 알고 싶지 않으면 모르는 채로 있어도 된다. 그런데 순간적으로 상상하고 깨닫고 결국에는 바라고 말았다.

가즈네이다. 나는 가즈네의 피아노를 좋아한다. 가즈네가 피아노를 쳐주기를 바란다. 그러기 위해서는 피아노를 치지 못하게 된 사람은 유니여야 한다.

사무소 안의 기온이 순식간에 내려간 것 같았다. 세차게 머리를 흔들어 지금 한 생각을 떨쳐버리려고 했다. 둘 중 누군가가 피아노를 치지 못하는 상황에서 가즈네가 피아노를 계속 칠 수 있기를 바라는 것은 유니가 치지 못하기를 바라는 것과 비슷하다. 다르지만 아주 비슷하다. 마치 쌍둥이처럼.

자신이 좋아하는 피아노 음색을 위해서 누군가의 불운을 바랄 수는 있다. 예를 들어 콩쿠르에 나간 누군가가 이기기를 바라는 심리는 다른 누군가가 지기를 바라는 심리와 비슷하지만, 단순한 소망이기 때문에 비난받지 않는다. 바란다고 다 이루어지지 않는다. 내가 있든 없든 나무 열매는 떨어지는 것처럼 누군가가 웃으면 누군가는 운다.

가즈네의 피아노가 남아 있기를. 유니의 밝은 미소를 떠올리지 않으려고 노력하며 나는 바랐다.

다음 날은 새로운 고객의 집을 방문했다. 마침 다행이었다. 쌍둥이를 생각할 틈을 만들고 싶지 않았다.

전화로 의뢰가 들어왔기 때문에, 기타가와 씨는 아주 오래된 업라이트 피아노이고 지금도 연주는 하지만 마지막에 조율한 날이 언제인지 명확하지 않다는 정보를 전해주었다.

"도무라, 가줄래?"

기타가와 씨가 물어서 당연히 고개를 끄덕였다. 한 곳이라도 많이 담당하고 싶었고 한 대라도 많은 피아노를 조율하고 싶었다. 나는 경험이 부족했다. 그런데도 담당이 제일 적은 사람 역시 나였다.

"의뢰인한테 조금 문제가 있을지도 몰라."

피아노에 문제가 있는 것보다 의뢰인에게 문제가 있는 편이 차라리 낫다. 의뢰인에게 문제가 있다고 악기에도 반드시 문제가 있지는 않다. 하지만 악기에 문제가 있으면 반드시 의뢰인에게 문제가 있다.

소중하게 보살핌을 받지 못한 피아노는 원래 지닌 음색을 되살리기 어렵다. 악기로서 제 역할을 못 하게 될 수도 있다. 수리가 필요하다고 말하면 됐다고 거절할 때도 있다. 그럴 때면 나는 이상할 정도로 낙담한다.

"그래도 뭐, 괜찮을 거 같아. 목소리로 짐작하자면 20대 남성이었어."

기타가와 씨가 싱긋 웃었다. 이 사람이 괜찮다고 하면 괜찮을 것이다. 어떤 문제가 있어 보이는지 굳이 묻지 않았다.

내비게이션에 주소를 입력하고 차를 몰았다. 이 근방에 흔히 보이는 갈색 벽돌로 지은 네모난 단층집. 그런 집이 몇 채 나란히 있는 골목의 한 모퉁이, 해가 잘 들지 않는 곳에 그 집이 있었다.

문패도 없었지만 초인종을 울리자 나와 비슷한 나이로 보이는 남자가 문을 열어주었다.

"처음 뵙겠습니다. 도무라라고 합니다."

인사를 해도 대답이 없었다.

좁은 집이었다. 현관으로 들어가자 바로 세면대와 욕실로 보이는 문이 있었고, 그 반대쪽 문을 열면 부엌이었다. 그 사이를 지나 안쪽 거실로 들어갔다. 한쪽 벽에 장지문이 있는 것으로 보아 그 너머에도 방이 하나 있나 보다. 피아노는 장지문과 마주하는 벽에 바싹 붙어 있었다. 창문 3분의 1이 피아노 때문에 가려졌다.

미나미 씨라고 하는 그 남자는 고개를 들지 않고 어깨를 들썩이는 시늉을 하며 피아노를 가리켰다. 말을 못 하는 사람인가 싶었는데, 전화를 본인이 직접 했다고 들었다. 목이 늘어나서 헐렁헐렁해진 트레이닝 파카를 입었고 아래도 트레이닝 바지였다. 몸에 잘 달라붙는 것으로 보아 늘 그 옷을 입고 있나 보다.

언제 조율했는지 모른다는 업라이트 피아노는 까만 광택을 잃어서 상판도 앞판도 흐릿하니 탁했다. 상판 위에는 악보 이외에도 다양한 물건이 있었는데, 전체적으로 먼지가 없는 것으로 보아 요즘도 일상적으로 연주한다는 말이 아마 사실인 모양이었다.

"그럼 상태를 확인해보겠습니다."

시선을 맞추지 않으려는 남자에게 양해를 구하고 조율 가방을 바닥에 놓았다.

피아노 건반 뚜껑을 열어 시험 삼아 건반을 눌러보고 기가 찼다. 다랑 울린 그 소리는 완전히 어긋나 있었다. 옆 건반을 쳐보니 역시 어긋났다. 옆도, 옆도, 전부 다 이상했다. 소리가 깨지고 반향은 탁하고, 기분이 나빠질 정도로 전부 엉망진창 어긋났다. 힘든 작업이 되겠다고 직감했다. 내가 조율할 수 있을까.

"지금부터 작업을 시작하겠습니다. 시간이 좀 걸릴 것 같습니다. 편하게 계세요. 무슨 일이 생기면 말씀드리겠습니다."

평소라면 어떤 소리를 원하는지 확인하겠지만 오늘은 그럴 상황이 아니었다. 음정을 맞추기만 해도 시간이 부족할 것이다. 남자는 별다른 반응을 보이지 않았다.

일단 상판 위에 올려놓은 물건을 전부 치우고 상판을 열어서 앞판을 떼어냈다. 내부에 먼지가 잔뜩 쌓여 있었다. 안쪽 측면에 붙은 누런 기록 용지를 확인해보니 마지막으로 조율을 받은 날짜가 15년이나 전이었다.

하지만 이 피아노는 방치되지 않았다. 연주된 흔적이 있었다. 연주되었다는 것에 의문을 느꼈다. 소리가 이렇게 이상한데 대체 무슨 곡을 쳤을까? 지금까지 어떻게 했을까?

핸디 클리너로 피아노 내부에 쌓인 먼지를 흡수하는 작업부터 시작했다. 상판을 열어놓고 연주하지는 않았을 텐데 먼지와 뒤섞여 다양한 물건이 떨어져 있었다. 젬클립, 연필 뚜껑, 고무줄, 지폐, 빛바랜 사진. 먼지투성이인 사진을 티슈로 닦아보니, 피아노 앞에 서서 수줍게 웃고 있는 소년이 찍혀 있었다. 그것들을 상판 위에 있던 잡지나 휴지 케이스 등과 함께 옆에 내려놓았다.

피아노 뒷면이 창에 붙어 있어서 습기가 차나 보다. 녹이 슨 현도 있고 해머 섕크(펠트 해머가 접착된 긴 자루 부분을 말한다―옮긴이)가 비틀어진 부분도 있다. 하나하나 점검하다 보니 과연 고칠 수 있을지 불안해졌다. 조율 이전의 문제였다. 현이 끊어지지 않은 것이 다행일 정도였다. 이 망가지기 시작한 악기를 복구할 수 있을까. 자신이 없었다.

현에 들러붙은 오물을 닦으려고 다시 한 번 티슈에 손을 뻗었을 때, 문득 조금 전의 사진이 시야에 들어왔다. 눈을 깜박였다. 이 소년. 그다지 비슷한 점이 없는데도 이 귀여운 소년이 이 집에 사는 저 청년임을 알 수 있었다. 청년의 얼굴이 잘 보이지 않았고 분위기가 달라서 뒤늦게 깨달았다.

사진을 손에 들고 바라보았다. 역시 지금 모습이 조금은 있었다. 오랜 세월 동안 무슨 일이 있었는지 모르겠지만 이 사진 속에서 환하게 웃음꽃을 피우고 있는 소년은 몇 년 뒤 풍모가 완전히 바뀐 채로 피아노 조율을 의뢰한다. 청년에게 웃음은 없다. 오가는 시선도, 말도 없다. 문득 깨달았다. 그래도 청년에게는 희망이 있을 것이다. 그래서 피아노를 조율하려고 한다. 아무리 피아노의 상태가 안 좋더라도 조율을 의뢰했다는 것은 지금부터 또 연주하겠다는 의지이다. 희망이 있다는 의미이다.

방 한구석에서 오랫동안 잊힌 피아노일지라도, 심각한 환경에 방치된 피아노일지라도, 조율에 희망이 있는 이유는 미래를 위한 일이기 때문이다. 우리 조율사가 의뢰를 받는 순간은 늘, 앞으로 피아노가 연주되려는 때이다. 아무리 심각한 상태일지라도 피아노는 앞으로 또 연주되려고 한다.

내가 할 수 있는 일은 무엇일까. 생각할 것도 없다. 망설이지도 않는다. 이 피아노를 가능한 좋은 상태로 되돌릴 뿐이다.

좁은 집이다. 청년의 기척이 어딘가에서 계속 느껴졌다. 작업에 몰두하는 동안에도, 음파를 세려고 귀를 기울이는 동안에도, 옆방에서 청년이 똑같이 귀를 기울이는 기척이 전해졌다.

조율을 마치면 피아노를 팔지도 모른다. 사실 반쯤 그러리라 예상했다. 그래도 괜찮다. 이 피아노가 처음 이곳에 왔을 때의 상태로 돌아가지 못하더라도, 이곳에서 지낸 긴 세월을 아군으로 삼아 지금 낼 수 있는 최대한의 소리를 내게 하면 된다.

"끝났습니다."

말을 걸자 청년이 금방 거실로 들어왔다. 시선은 여전히 맞추지 않는다.

"어긋난 해머가 몇 개 있었고 현을 고정하는 핀도 느슨해진 것이 있었습니다. 수리도 가능한데 지금은 일단 응급처치만 해두었습니다."

설명하는 동안에도 청년은 고개를 푹 숙이고 있었다.

"확인을 위해 쳐보시겠어요?"

내가 묻자, 청년은 잠시 가만히 있다가 살짝 고개를 끄덕였다.

사람과 시선도 마주치지 못하는 사람이 타인 앞에서 피아노를 칠 리 없다고 생각했다. 그래서 오른손 검지 하나로 열쇠 구멍 위의 도를 쳤을 때는 한 음이라도 쳐줘서 다행이라고 생각했다.

도는 생각보다 강력했다. 청년은 피아노 앞에 서서 한 손가락으로 도를 친 채 꼼짝하지 않았다. 그 도만으로는 조율 상태를 가늠하지 못할 것이다. 가능하면 조금 더 쳐보라고 말을 걸려고 했을 때, 그가 천천히 돌아보았다. 얼굴에 놀란 표정이 선명했다. 그의 눈이 딱 한 번 내 눈과 마주치고 다시 비껴갔다. 그는 검지를 엄지로 바꿔 다시 한 번 도를 쳤다. 이어서 레, 미, 파, 솔을 쳤다. 왼손을 몸 뒤로 허우적거리며 의자를 찾았다. 의자에 손끝이 닿자 피아노를 보고 선 채, 왼손으로 의자를 끌어와 앉았다. 양손으로 도부터 한 음씩 차분하게 1옥타브를 울렸다.

시험 연주를 하는 동안은 평소라면 잔뜩 긴장한다. 내가 한 일이 눈앞에서 평가받는 긴장감이다. 그런데 오늘은 조율하기 전보다 공기가 부드러워졌다.

청년이 의자에 앉아 어깨 너머로 나를 돌아보았다.

"어떠십니까?"

물을 것도 없었다. 웃고 있었다. 청년이 웃고 있었다. 마치 그 사진 속의 소년처럼. 다행이라고 생각할 겨를도 없이 그가 다시 피아노 쪽으로 시선을 돌리고 곡을 연주하기 시작했다.

위아래로 쥐색 트레이닝복을 입고, 머리는 자다가 일어난 모양새를 하고, 커다란 몸을 구부정하게 기울이고 연주했다. 속도가 너무 느려서 몰랐는데 쇼팽의 〈강아지 왈츠〉였다.

노래는 한동안 형상을 이루지 못했다. 그런데 차츰 강아지의 모습이 떠올랐다. 조율 도구를 정리하던 나는 놀라서 청년의 뒷모습을 보았다. 커다란 개다. 쇼팽의 강아지는 몰티즈 정도의 작은 개였을 텐데 이 청년의 강아지는 이를테면 아키타나 래브라도 레트리버처럼 몸집이 크고 조금 어수룩한 강아지였다. 속도는 느리고 소리 하나하나가 모이지 않았지만 청년이 어린아이처럼 혹은 강아지처럼 잔뜩 신이 나서 연주하고 있다는 감각이 전해졌다. 때때로 건반에 얼굴을 가까이 대고 뭔가 흥얼거리는 것처럼도 보였다.

이런 강아지도 있다. 이런 피아노도 있다.

정신없이 피아노를 치는 청년의 등을 바라보다가 마침내 짧은 곡이 끝났을 때, 나는 진심으로 박수를 보냈다.

사람 한 명 한 명에게 어울리는 장소가 있듯이 피아노 한 대 한
대에도 어울리는 장소가 있다. 콘서트홀의 피아노는 당당하고 반
짝이며 가장 아름다운 소리를 내서 우리를 매료한다. 그렇게 생
각해왔다. 그러나 가장 아름답다는 말을 누가 단언할 수 있을까.
그 소리가 최고라고 누가 결정할 수 있을까.

얼마 전에 만난 그 청년을 종종 떠올렸다. 트레이닝복을 위아
래로 입고 시선을 맞추려고 하지 않았던 청년. 아무도 그의 피아
노를 듣지 않는다. 그도 다른 누군가를 위해 연주하지 않는다. 청
중의 유무는 그때 그에게 문제가 아니었다. 닫혔던 마음이 피아
노를 연주하면서 차츰차츰 열렸다. 커다란 강아지와 어울려 놀며
즐거워했다. 흥겨움 혹은 기쁨과 같은, 피아노를 연주하는 즐거움
을 그가 구현해주었다.

하지만 홀에서는 무리이다. 그 피아노는 그 집에서, 그 청년이
연주하기 위해 있다. 그것으로 충분하다. 그런 은밀한 즐거움은
홀에서 맛볼 수 없다. 강아지 냄새를 맡는 것처럼, 부드러운 털을
쓰다듬는 것처럼 맛보는 피아노. 그것 역시 하나의 뛰어난 음악
형태이다.

청년이 어떤 사람에게 피아노를 배웠는지 알 것 같았다. 또 청

년이 어떤 식으로 가르침을 받았을지도. 음악은 인생을 즐겁게 하기 위한 것이다. 절실히 느꼈다. 절대 누군가와 경쟁하기 위한 것이 아니다. 경쟁하더라도 승부는 이미 결정되었다. 음악을 즐긴 사람의 승리다.

홀에서 많은 사람과 함께 듣는 음악과 최대한 가까이에서 연주자의 숨결을 느끼며 듣는 음악은 비교할 대상이 아니다. 어느 쪽이 좋고 어느 쪽이 뛰어난지의 문제가 아니다. 양쪽 다 음악의 기쁨이 깃들어 있지만 느껴지는 감촉이 다르다. 아침 해가 떠오를 때 느낄 수 있는 이 세상의 빛과 저녁 해가 질 때의 빛에 우열을 매길 수 없는 것과 같다. 아침 해도 저녁 해도 똑같은 태양인데 단순히 아름다움의 형태가 다른 것 아닐까?

비교할 수 없다. 비교할 의미도 없다. 여러 사람에게 가치가 없는 것도 어떤 한 사람에게는 소중한 것이다.

일류 피아니스트에게 내가 조율한 피아노를 연주하게 하고 싶다. 그런 마음이 콘서트 튜너를 목표로 하게 해준다면 내 목표는 그와 다른 곳에 있다고 생각한다.

콘서트 튜너는 내 목표가 아니다.

지금 단계에서 이렇게 정해버리는 것은 의미가 없을지 모른다. 앞으로 몇 년쯤 더 경험을 쌓고 수행을 거듭하고 연마해도 콘서트 튜너가 되는 사람은 극소수, 행운이 따르는 극소수뿐이다. 지금부터 그 길을 부정해버린다면 도피하는 것이라고 생각될 수도 있다.

그래도 조금씩 보였다. 음악은 경쟁이 아니다. 그렇다면 조율사도 그렇다. 조율사의 일은 경쟁에서 멀리 떨어진 곳에 있다. 목적으로 삼은 지점이 있다면, 그것은 한 가지 장소가 아니라 한 가지 상태가 아닐까.

'밝고 조용하고 맑고 그리운 문체, 조금은 응석을 부리는 것 같으면서 엄격하고 깊은 것을 담고 있는 문체, 꿈처럼 아름답지만 현실처럼 분명한 문체.'

수없이 읽고 또 읽어 암기해버린 하라 다미키의 문장을 떠올렸다. 문장 자체도 아름다워서 입으로 말하면 기분이 밝아진다. 내가 조율하면서 목표로 삼는 지향점을 이 이상으로 잘 표현해주는 말은 없다.

할머니가 위독하시다는 연락을 받았다.

서둘러 고향으로 돌아갔지만 늦고 말았다. 내가 도착했을 때, 할머니는 이미 세상을 떠난 뒤였다.

가족과 몇 안 되는 친척, 마을 사람들이 모여 산에서 조촐하게 장례를 올렸다.

할머니는 한촌에서 태어났고 어린 나이에 결혼해서 산으로 들어온 사람이었다. 산림업으로 생계를 꾸렸으나 늘 빈곤했다. 같은 시기에 들어온 동료들이 하나둘 산을 떠나고 겨우 몇 가구만 남았다. 30대라는 젊은 나이에 남편을 잃은 뒤, 산림업으로 먹고 살기 어려워서 목장으로 직종을 변경한 친구 밑에서 일하며 딸과 아들을 키웠다. 딸은 중학교를 졸업하자마자 산을 떠나 도시에서 결혼했다. 아들은 고등학교에 진학하려고 일단 산에서 내려갔다가 마을의 관청에 일자리를 얻어 돌아왔고, 결혼해서 나와 동생이 태어났다.

내가 아는 할머니의 과거는 이것뿐이다. 부지런하고 과묵했다.

집 뒷문에서 이어지는 숲에 썩은 나무 의자가 있다. 내가 어렸을 때부터 그 자리를 지키던 의자이다. 할머니는 이따금 이 의자에 앉아 저 멀리 펼쳐진 숲을 바라보았다. 숲 말고는 아무것도 없는데 할머니는 무엇을 보았을까.

뒤에서 인기척이 나서 돌아보았다. 남동생이 목에 머플러를 칭칭 감으면서 이쪽으로 다가오고 있었다.

"춥다."

동생은 내게 말을 걸며 내가 앉은 자리 옆에 멈춰 서더니 주변을 휘휘 둘러보며 웃었다.

"정말 아무것도 변하지 않아서 오히려 무섭다."

"진짜 그러네."

나도 웃으며 동의했다. 사실 앞에 심은 자작나무는 내가 여기 살 때보다 훨씬 크게 자랐다.

바람이 불어 동생이 몸을 움츠렸다.

"올여름에 말이야, 바다에 갔어."

"응?"

"대학교 세미나 친구들이랑."

"헤엄쳤어?"

동생은 웃으며 고개를 저었다.

"헤엄은 무슨. 알면서."

우리는 수영을 못 한다. 산속 소규모 학교에는 수영장이 없다. 산기슭 마을에 공영 수영장이 있어서 수영을 배우려고 거기까지 다니는 친구도 있었지만 우리 형제는 중학교를 졸업할 때까지 물에 뜨지조차 못했다.

"형은 바다를 본 적 있어?"

"있지."

중학생 때, 수학여행으로 홋카이도 남단을 돌며 가을철 바다를 구경했다. 전문학교에 다닐 때는 근처에 항구가 있었다. 하지만 바다를 보러 간 적은 손에 꼽을 정도였다.

바람이 또 불어서 동생이 몸을 웅크렸고 나무들이 바삭바삭 흔들렸다.

"밤에 바다 근처를 걷고 있는데 산에서 나는 밤의 소리가 들리더라."

심장이 쿵쿵 뛰는 소리가 들렸다. 산에서 나는 밤의 소리라니. 나는 그것이 어떤 소리인지 알고 있을까? 떠올려보려고 해도 조용한, 지극히 조용한, 어둠과도 같은 산속의 밤이 눈앞에 펼쳐질 뿐이다.

"봐봐, 오늘처럼 바람이 강한 날이면 밤에 소리가 들리잖아. 나무가 바람에 흔들리는 소리, 우우우웅 우는 소리 같은 거."

"아아."

나무들이 바람에 휘어지면서 내는 소리를 말하는 것일까. 잎이 떨리고 가지가 흔들리며 수천, 수만 그루의 나무가 운다. 겁을 집어먹고 할머니의 이불로 기어들던 동생이 떠올랐다.

"그 소리가 바다 근처에서 들리더라. 나도 모르게 산을 찾았어. 여긴 바다인데, 지금 이 소리는 뭐냐고 친구한테 묻기도 했어."

"응."

"그랬더니 해명이래."

해명海鳴이라는 단어는 들어본 적이 있다. 그 소리가 산에서 들리는 밤소리와 비슷한 줄은 몰랐다.

"신기했어, 산과 바다에서 비슷한 소리가 난다는 게."

동생은 나무 우듬지를 올려다보며 웃었다.

"어쩌면 바다 근처에서 자란 사람은 산에 와서 해명이 들린다고 놀랄지도 모르겠다."

맑은 보랏빛으로 물들어가는 하늘을 바라보았다. 새하얀 달이 산자락에서 고개를 내밀 무렵이었다. 하늘을 보는 척하면서 동생의 옆얼굴을 훔쳐보았다. 이렇게 다정다감한 표정을 지었던가. 꽤 오래전부터 남동생의 얼굴을 제대로 보지 않았다. 울기만 하던 어린 동생. 동생에게 손이 많이 갈 테니까 두 살 위인 나는 늘 얌전히 굴었다. 그러다 보니 말 잘 듣고 차분한 형과 사람을 잘 따라서 모두에게 귀여움을 받는 남동생이라는 흔한 구도가 생겼다. 그렇다고 불만이라고 여기지는 않았다.

그런데 지금, 동생의 얼굴을 보고 있으려니 가슴 안의 무언가가 녹았다. 녹았다는 것은 응어리가 있었다는 증거이다. 학교에 입학해보니 나보다 남동생이 조금 더 공부를 잘했다. 조금 더 운동도 잘했다. 그때 나는 그런 것을 질투했을까? 나보다 동생이 조금 더 어머니와 할머니의 사랑을 받았던 것에도?

"형은 산에 돌아오지 않은 것에 책임을 느끼고 있지?"

동생이 내 쪽으로 고개를 돌려서 시선이 마주쳤다.

"조율사가 되겠다고 했을 때, 미안해 죽겠다는 표정을 지었어."

"그랬나."

"그랬어. 그때, 할머니가 이렇게 말씀하셨지. 미안하다고 생각하지 말라고. 물려받느니 마느니, 그런 건 신경 쓰지 말라고. 아마 나도 들으라고 하신 말씀이겠지만."

물려받다니, 대체 뭘……. 시시한 질문을 하려다가 입을 다물었다. 우리는 여기에서 태어나고 자랐다. 물려받을 것이 있다면 이미 우리 몸으로 물려받지 않았을까.

"형은 예전부터 커다란 이상을 말하곤 했지. 항상 주변 사람들을 깜짝 놀라게 했다니까."

놀라서 동생을 보았다.

"내가?"

커다란 이상이라니, 내가 언제 그런 말을 했지? 커다란 이상을 말한 사람은 오히려 동생이었다. 반짝이는 미래를 말하며 어머니와 할머니를 기쁘게 했다.

"까먹었어? 피아노 소리가 세계와 이어져 있다고 열심히 말했잖아. 세계라는 말, 보통은 안 한다고. 나는 아직 세계를 본 적이 없어."

"나도 없어."

그렇지만 여기도 세계가 아닌가. 전체를 볼 수는 없어도 분명히 세계라고 생각한다.

"세계라느니 음악이라느니, 형이 하는 말들은 늘 대단했어."

동생이 갑자기 웃었다. 하얀 입김이 보였다.

"여기가 세계야? 그냥 산이잖아. 나는 산에서 내려가서 여기보다 벽촌인 곳을 단 한 번도 본 적이 없어."

그러더니 "추워, 춥다고" 하며 양손을 비볐다.

"감기 걸리겠다, 들어가자."

동생이 재촉해서 일어났다.

"할머니가 그러시더라. 피아노도 음악도 잘 모르겠지만, 형은 어려서부터 숲을 좋아했으니까, 길을 잃어도 반드시 혼자 돌아왔으니까, 분명히 괜찮을 거라고."

내 쪽을 보지도 않고 동생이 걷기 시작했다.

집 뒷문까지 도착했을 때, 동생이 느닷없이 화가 난 목소리로 말했다.

"뭐냐고, 항상 혼자 그렇게 붕 떠서 주변 사람을 얼떨떨하게나 하고."

동생의 얼굴이 새빨개졌다.

"형은 할머니의 자랑거리였단 말이야."

그럴 리 없다고 말하려고 했는데 목이 메었다.

"나 싫어, 왜 할머니가 돌아가신 거야. 할머니가 돌아가시다니, 뭘 어떻게 해야 좋을지 모르겠다고."

동생의 눈물 어린 목소리를 들은 순간, 목에 잔뜩 걸렸던 것이 무서운 기세로 북받쳐 올랐다.

"나도, 싫어."

내 목소리 같지 않은 것이 입 밖으로 나왔다.

그래, 이럴 때는 울어도 된다. 그렇게 생각하기도 전에 눈물이 흘렀다. 나보다 덩치가 큰 동생의 등에 팔을 둘렀다. 이렇게 동생을 만진 것이 언제 이후일까. 팔로 떠밀며 멀어지려고 했던 것이 내 안으로 휙 날아 들어왔다. 세계의 윤곽이 진해진 것 같았다.

다음 날, 아침 일찍 숲을 걸었다. 잡초를 밟고 가문비나무의 적갈색 줄기를 매만졌다. 나무 위에서 어치가 지저귀고 있었다. 그립다는 생각이 들어 당황했다. 나는 이것들을 잊고 있었던가. 마음이 이곳을 떠났었던가. 바람이 불자 숲 냄새가 났다. 잎들이 흔들리고 나뭇가지들이 몸을 스쳤다. 가문비나무의 녹색 잎이 떨어졌을 때, 음계가 아닌 다른 소리가 났다. 줄기에 귀를 대보니 뿌리가 물을 빨아들이는 소리가 희미하게 들렸다. 어치가 또 울었다.

알고 있었다. 알고 있다. 비명을 지르고 싶은 기분이었다. 가문비나무가 울리는 소리를 나는 알고 있다. 그래서 피아노에서 그리움을 느꼈던 것일까? 그래서 피아노에 이끌렸던 것일까?

피아노의 원풍경을 나는 예전부터 알고 있었다. 최초의 악기는 숲에서 태어났을지도 모른다.

산에서 나는 밤의 소리라는 남동생의 목소리가 귓가에 맴돌았다.

깨닫지 못했다. 산에서 나는 밤의 소리는 언제나 내 안에 있었다. 할머니가 보던 소리이다. 할머니가 듣던 소리이다.

접수처에서 호출을 받아 내려가 보니 유니가 기다리고 있었다. 사쿠라 씨 댁의 쌍둥이 여동생. 심장이 쿵쿵 뛰었다.

"안녕하세요."

활짝 웃으며 인사하는 모습이 평소 그대로여서 나도 모르게 달음박질해서 다가갔다.

"괜찮나요?"

최대한 아무렇지 않은 척하며 물었다.

"괜찮아요."

유니의 목소리가 밝아서 내 기분도 밝아졌다.

쌍둥이가 조율을 취소한 이후로 시간이 제법 흘렀다. 피아노를 연주하지 못하게 되었다는 소식을 들은 이래 연락이 쭉 없었다. 우리 쪽에서 먼저 물어볼 수도 없으니까 계속 궁금했다.

쌍둥이 중에 누군가가 피아노를 연주하지 못하게 되었다는 이야기를 들었을 때, 나는 즉시 가즈네의 피아노가 남기를 바랐다. 가즈네와 유니, 두 사람을 비교한 것이 아니었다. 피아노를 비교했을 뿐이다. 나는 가즈네의 피아노를 특별히 좋아했다. 그 피아노를 듣지 못하게 된다니 절대 싫었다. 그렇게 생각한 것에 죄책감을 느끼고 있었다. 유니에게 면목이 없었다. 면목이 없다는 생각조차 면목이 없었다. 나 따위가 소망하는 것도, 면목이 없다고 생각하는 것도, 그 어디에도 도달하지 않을 마음이라서 그나마 다행이었다.

그래서 지금 유니가 와주어서 기뻤다. 건강한 얼굴을 보여주어서 기뻤다. 내 죄가 한 조각쯤이라도 가벼워진 것 같았다.

유니의 얼굴을 본 순간, 알아차렸다. 그래, 연주하지 못하게 된 쪽은 가즈네였구나. 유니의 피아노가 남았다. 그래도 눈앞에 유니가 있어서 진심으로 기뻤다. 이 아이가 건강해서 다행이다. 물론 가즈네도 건강했다면 최고였겠지만.

"지난번에는 갑자기 예약을 취소해서 죄송해요."

유니가 진지하게 고개를 숙였다.

"아니요, 사과하실 일이 아닙니다."

나도 유니를 따라 고개를 숙였다. 유니는 생긋 웃었다.

"이상한 병에 걸렸어요."

갑자기 병이라는 단어가 나와 긴장했다.

"다른 이상은 없는데 피아노를 연주할 때만 손가락이 안 움직여요."

그런 일도 있나? 이것이 솔직한 감상이었다. 큰일이네요, 라고 말해도 괜찮은지 모르겠다. 얼른 나으세요, 라는 말도 너무 가볍다. 무슨 말을 해도 아닌 것 같았다.

"나을 수……."

나을 수 있는지 질문하려다가 삼켰다. 무신경한 질문이었다. 이런 질문을 해서 무엇하나. 만약에 가즈네의 그 병이 낫지 않는다면, 동생인 유니에게 그런 대답을 하게 하는 것은 너무 잔인하다. 당사자 앞에서 자신의 이기적인 바람을 밝히려던 내 경박함이 부끄러웠다.

그러나 유니는 내 질문을 알아차렸나 보다.

"나을지 안 나을지 모르겠어요. 아마 낫지 않겠지만 낫지 않는다고 단정할 수도 없나 봐요."

담담한 설명을 들으며 등줄기에 오스스 소름이 돋았다. 가즈네는 이제 피아노를 치지 못할지도 모른다. 절대로 싫다고 생각하던 마음이 다시 모락모락 타올랐다. 내가 절대로 싫거나 말거나 가즈네는 병에 걸렸다. 그것이 현실이다.

"왜 그런 표정이세요. 저는 그렇게 낙담하지도 않았고……. 아니, 솔직히 말해서 낙담했지만 뭐, 괜찮아요. 부활하는 중이니까 이렇게 보고하러 왔어요."

무슨 말을 해야 좋을지 모르는 자신이 끔찍하게 한심했다. 사람의 도량은 이런 상황일 때 시험받는다.

"죄송합니다."

아픔을 제대로 받아주지 못해서, 적절한 대답을 해주지 못해서 씁쓸했다.

"일부러 와주시다니 고맙습니다."

"아니에요."

유니는 웃었다. 평소와 다름없어 보였다. 하지만 그렇게 보일 뿐이다. 유니의 마음속에 어떤 태풍이 불고 있을지 나는 상상조차 할 수 없었다.

"그보다 오늘은 상담을 좀 하고 싶어서 왔어요. 가즈네 때문인데요."

유니가 목소리를 낮췄다.

"병에 걸린 뒤부터 완전히 의기소침해져 있어요. 피아노가 있는 방에는 절대 들어오려고 하지 않아요. 그래서 곤란해요."

그러고도 남는다. 의기소침해지지 않으면 이상할 정도이다. 곤란하다고 말하는 유니보다 가즈네 쪽이 더 곤란할 것이다.

"병에 걸린 것도 아니면서 치지 않다니, 최악이야."

유니는 일부러 부루퉁하게 말하고 콧잔등에 주름을 잡았다. 최대한 짜증 가득한 얼굴을 만들어 보인 것이다. 짜증 가득한 얼굴. 곤란하다. 연주하지 못한다. 최악. 그때야 간신히 알아차렸다.

병에 걸린 것은 가즈네가 아니었다. 유니였다. 연주하지 못하게 된 사람도 유니였다. 눈앞의 경치가 확 뒤집혀 보였다.

"가즈네는 화를 내고 있어요. 제가 병에 걸렸다고."

유니는 살짝 고개를 갸웃하며 말했다. 그리고 차분하게 고쳐 말했다.

"저한테 화를 내는 게 아니고 제 병한테 화를 내고 있어요. 병 때문에 제가 피아노를 못 치게 되고, 결과적으로 자기도 치지 못하게 된 것에도."

"유니…… 씨는 화가 나지 않았나요?"

내가 묻자 유니는 잠깐 생각에 잠겼다.

"화났어요."

"네."

그래, 당연하다. 그러나 대체 무엇에 화를 내야 할지 몰라서 이 아이는 어리둥절할 것이다.

"제가 치지 못하게 된 만큼 가즈네가 더 피아노를 쳐줘야 한다고요. 그런데……."

말을 계속하려다가 차마 잇지 못하고, 유니는 입을 벌린 채 짧게 숨을 두 번 들이마셨다. 숨을 쉬어도 폐까지 공기가 도달하지 않는 것처럼. 유니의 까만 눈동자에 서서히 눈물이 차올랐다.

손을 내밀고 싶었지만 내 팔은 옆구리에 착 달라붙어 꼼짝도 하지 않았다. 유니의 어깨든 등이든 뺨이든, 어디든 좋으니까 쓰다듬으며 안심시켜주고 싶었다. 괜찮다고 말해주고 싶었다. 하나도 괜찮지 않겠지만.

눈물이 당장에라도 넘치려는 그 순간에 유니가 손등으로 눈을 벅벅 비볐다. 울어도 괜찮을 텐데, 이렇게 생각하는 동시에 눈물을 흘리는 모습을 보지 않아서 안도했다.

에헴. 부자연스러운 헛기침이 들렸다. 소리가 나는 곳을 향해 돌아보니 아키노 씨가 조율 가방을 들고 옆을 지나는 중이었다. 울고 있는 여고생과 오도카니 서 있는 멍텅구리. 옆에서 보면 얼마나 웃긴 그림일까.

유니는 한참이나 고개를 푹 숙이고 있었는데, 고개를 들었을 때는 눈물이 멎어 있었다. 눈과 코가 새빨갛다. 부드러운 머리카락 한 가닥이 이마에서부터 뺨에 걸쳐 달라붙어 있었다.

"죄송해요. 제 얘기를 들어주셔서 고맙습니다."

꾸벅 인사를 하고, 뺨에 닿은 머리카락을 오른손으로 쓸어 넘

긴 유니는 내게서 등을 돌린 후 그대로 가게 문을 열고 나가려고
했다.

어떻게 해야 좋을지 모르겠다. 아직 일하는 중이다. 하지만 앞
으로 어떤 일을 하더라도 지금 유니의 이야기를 듣지 않으면 후
회하겠다는 생각이 들었다.

뒤를 쫓아 달려 나가 가게 바로 앞 인도에서 유니를 따라잡았
다. 교복 소매를 살짝 움켜쥐었다.

"바래다드리겠습니다."

"아니요, 괜찮아요."

유니가 다시 부드럽게 웃었다. 유니는 웃고 있지만 나는 알 수
가 없다. 어떤 기분일지……. 일부러 가게까지 와줬는데 벌써 돌
아가는 것은 내 반응에 실망해서가 아닐까, 이대로 돌려보내도
괜찮을까.

"잠깐 차라도 한잔 하실래요?"

제안하면서 급하게 머리를 굴렸다. 이 근처에 차를 마실 곳이
있던가.

유니는 여전히 미소를 유지한 채 대답했다.

"괜찮아요."

뭐가 괜찮은지 모르겠다. 어쨌든 지금 이건 아마 거절이리라.
거절당한 것이다.

"그럼 조심해서 돌아가세요."

달리 할 말이 없어서 나는 교복을 붙든 손을 놓고, 그 손을 힘없이 흔들었다. 유니는 가볍게 고개를 숙이고 걸음을 옮기더니, 골목을 돌아갈 때까지 한 번도 뒤를 돌아보지 않았다.

나풀나풀 눈이 흩날리기 시작했다. 벌써 5월 하순인데 역시 뭔가, 어딘가 이상하다.

유니가 떠난 골목을 뒤로하고 가게로 돌아왔다. 출입구 문을 잡으려는 순간, 갑자기 한겨울의 화창하게 맑은 하늘이 떠올랐다. 파랗고 맑아서 태양 빛이 막힘없이 내리쬐 얼어붙은 나뭇가지가 은색으로 빛난다. 눈이 부셔서 눈이 아플 정도인 날. 그런 날이야 말로 기온이 내려간다. 영하 25도를 밑도는 날은 십중팔구 쾌청했다.

내가 자란 산골 마을에서는 겨울 중 제일 추운 날이면 영하 30도까지 내려갔다. 1년에 한두 번쯤인 그런 날은 전날 밤부터 별이 무서울 정도로 하늘을 수놓았다. 그리고 다음 날 아침에는 하늘에 구름 한 점 없었다. 뭐든지 다 얼어붙어서 오로지 눈과 얼음만 반짝인다. 내쉬는 숨이 얼어붙고 속눈썹이 얼어붙고, 자칫 입을 잘못 열었다가는 목 안쪽 기관까지 얼어붙는다. 피부가 찢어질듯 아프다.

그 얼어붙은 아침을 떠올렸다. 맑은 날일수록 두렵다. 고뇌하는 가즈네와 다 떨쳐냈다는 듯이 웃다가 돌연 눈물을 흘린 유니. 정말로 마음이 얼어붙은 쪽은 누구일까, 이 질문에 쉽게 대답할 사람은 없을 것이다.

빌딩 옥상. 낙하 방지용 철조망 너머에 혼자 서 있다. 폭 20센티미터 정도의 난간 끝에 신발이 삐쭉 나왔다. 저 아래로 자동차와 사람 같아 보이는 물체가 움직인다. 다리가 오그라드는 것을 참고 양발로 든든히 버티고 섰다. 눈을 들어 하늘을 본다. 아직 괜찮다. 그래도 바람이 불고 있다. 언제까지 버틸 수 있을지 모른다. 누군가, 빨리 구해주면 좋겠다.

무정하게도 바람이 강해진다. 빌딩이 기우뚱 기운다. 착각이다. 빌딩은 기울지 않는다. 몸이 바람에 휘청거릴 뿐이다. 지쳤다. 다리가 후들거린다. 이제 끝일지도 모른다.

힘껏 버티고 견딘다. 아래를 보지 않고 어떻게든 버틴다. 또 바람이 분다. 몸이 흔들리고 빌딩이 더욱 기운다. 이제 포기할까. 어차피 떨어진다. 아니, 아직이다. 조금 더 노력해보자. 아직 살아남을 기회가 있을 것이다.

하지만 또 강한 바람이 불어 몸이 크게 기울었다.

아키노 씨는 빨간 깅엄 체크 냅킨을 꽁꽁 묶어 도시락통을 정리했다. 그리고 고개를 들고 "어떻게 생각해?" 하고 물었다. 어떠냐고 물어도 대답할 수가 없었다. 아키노 씨가 자주 꾼다는 꿈 이야기였다.

"꿈을 꿔. 이유는 모르겠는데 매번 높고 위험한 곳에 서 있어. 떨어지면 당연히 죽을 텐데 더 잔혹한 조건이 겹쳐지지. 강한 바람이 불거나 빌딩이 기울어지거나. 꿈속이지만 나는 반드시 떨어진다는 것을 알고 있어. 떨어지지 않으려고 버티고 필사적으로 어디든 붙잡아보지만 역시 결국에는 떨어지고 말지."

담담하게 설명했다.

"꿈속에서도 떨어지면 죽나요?"

내 물음에 아키노 씨는 고개를 갸웃거렸다.

"글쎄. 그건 별로 중요하지 않아."

그럼 뭐가 중요하지? 애초에 꿈 이야기가 왜 나왔더라?

"똑같은 꿈을 몇 번이나 꾼다니까. 처음에는 안간힘을 다해서 마지막 순간까지 버텼어. 그래도 결국에는 떨어지고 말더라."

"무서운 꿈이네요."

"싫은 꿈이야. 땀범벅이 되어서 깨거든. 그러다가 차츰 꿈에서도 알게 되었지. 아아, 이건 무슨 수를 써도 살아남지 못하는구나, 반드시 떨어지는구나. 발버둥을 쳐도 소용없구나. 그래서 점점 단념이 빨라졌어."

아키노 씨는 살짝 웃음을 짓고 나를 바라보았다.

"조금은 발버둥 쳐보지만 바람이 일단 불기 시작하면 다 끝났다는 걸 알게 돼. 그래서 마지막으로 이 꿈을 꿨을 때는."

말을 잠시 끊고 아키노 씨는 생각에 잠긴 것처럼 시선을 내리깔았다.

"지금도 또렷하게 기억해. 마지막에 꾼 꿈에서 나는 높은 산등성에 있었어. 늘 꾸는 꿈이란 걸 깨닫고 바람이 불거나 비가 내리기 전에 내가 먼저 뛰어내렸어."

아키노 씨는 검지로 눈에서 책상까지 점프하는 선을 그렸다.

"잠에서 깨보니 땀도 흘리지 않았더라. 포기라는 것이 무엇인지 그때 알았어."

"꿈에서 포기했다는 건가요?"

"알기 쉽지? 내가 직접 뛰어내린 꿈을 꾼 날에 나는 조율사가 되기로 마음을 정했어."

그 말만 남기고 아키노 씨는 일어났다.

"자, 일하러 갈까."

"아……, 네."

사무소를 나가는 마른 등을 멍하니 바라보다가 정신을 차리고 뒤를 쫓았다. 이미 계단을 내려가고 있던 아키노 씨가 내 발소리를 듣고 멈춰 서서 돌아보았다. 급하게 내려가 물었다.

"뛰어내리기까지 얼마나 걸렸나요?"

"4년."

즉답이었다.

"4년."

조용히 그 말을 반복했다. 가벼운 충격을 받았다. 앞으로 4년간 유니는 추락을 두려워하며 살아야 할까? 그러다가 결국 마지막에는 스스로 뛰어내릴까?

그날, 유니가 가게로 찾아와서 울었던 그날에 아키노 씨가 옆을 지나갔다. 무슨 일인지 다 들었을 것이다. 유니가 피아노를 포기하기까지 아마 그 정도의 시간이 걸릴 것이라고, 아키노 씨만의 방식으로 알려주었다.

4년이 긴지 짧은지 모르겠다. 4년 만에 포기하더라도 사실은 계속 미련이 남을지도 모른다. 그러느니 뛰어내리는 편이 나을지도 모른다.

뛰어내릴 때 두려웠는지 아키노 씨에게 물어보고 싶었지만 엄두가 나지 않았다. 떨어지는 순간까지 맛보는 공포, 결국 떨어지고 마는 순간의 절망과 비교하면 분명 직접 뛰어내리는 편이 낫다. 과감하게, 혹은 조금 전에 말한 꿈에서처럼. 미소까지 지으며 뛰어내렸을지도 모른다. 그랬으면 좋겠다.

아키노 씨는 피아니스트를 꿈꾸었다고 들었다. 포기하기까지 걸리는 시간은 쏟아부은 정열의 양에 따라서도 다르다. 나이도 영향을 줄 것이고 성별에 따라서도 당연히 다를 것이다. 간단히 비교할 대상은 아니다. 그렇지만 유니가 앞으로 4년간 괴로워하며 지내는 것만은 어떻게든 피했으면 좋겠다. 내가 할 수 있는 일은 없을까?

아키노 씨의 바로 뒤를 따라 걷다가 주차장으로 연결되는 출입구에 이르렀을 때, 눈 딱 감고 물었다.

"왜 피아니스트를 포기하기로 하셨나요?"

아키노 씨는 아무렇지 않게 대답했다.

"귀가 좋았으니까."

피식 웃으며 아키노 씨는 설명했다.

"나는 귀가 좋았어. 내 귀는 일류 피아니스트의 피아노와 내 피아노가 전혀 다르다는 것을 잘 알고 있었어. 내 귀 안에서 흐르는 음색과 내 귀 밖에서 흐르는, 내 손가락이 만들어내는 음색이 결정적으로 다르다는 것을 언제나 알고 있었어. 그 차이를 도저히 메울 수 없었지."

다행스럽게도 아키노 씨는 이제 그 꿈을 꾸지 않는다고 했다.

완전히 꾸지 않는다면 잘됐다.

"덕분에 실력 좋은 조율사가 탄생했네요."

내 말을 듣더니 아키노 씨는 웃으면서 출입구를 열고 나갔다

"도무라, 말발이 꽤 좋아졌어."

드물게도 하루에 의뢰가 두 건이나 들어와서 고객의 집을 연달아 방문했다. 오후 일곱 시가 넘어 사무소에 돌아오자 책상 위에 야나기 씨의 글씨로 적힌 메모가 있었다.

'낭보'

까만 볼펜으로 적힌 두 글자를 보고 무슨 일일까 생각했다.

메모에 손을 댄 순간, 깨달았다. 쌍둥이다. 내용은 몰라도 야나기 씨가 내게 전달할 낭보는 쌍둥이 소식 외에 없었다.

사무소 책상에 앉아 야나기 씨의 휴대전화로 전화를 걸었다. 야나기 씨가 금방 받았다.

"여어."

"낭보라니, 혹시?"

말을 마치기도 전에 대답이 돌아왔다.

"아까 의뢰가 들어왔어. 조율 재개야."

"재개라니……."

또 내 말이 끝나기 전에 야나기 씨의 목소리가 겹쳐졌다.

"사쿠라 씨네 쌍둥이. 사모님께서 전화하셨어."

"아아."

역시…… 다행이다. 재개라니. 얼마나 이날을 기다렸던가.

"연주할 수 있게 됐군요."

전화 너머로 짧은 침묵이 흘렀다.

"적어도 둘 중 한 명은."

그래, 둘 중 한 명……. 그렇다면 분명 가즈네이다. 둘 다 연주할 수 있기를 바랐지만, 마음을 꼭 다잡았다. 한 명이라도 연주할 수 있는 것이 둘 다 못하는 것보다 낫다. 훨씬 낫다.

"그래서 혹시 괜찮다면 도무라도 와줬으면 해서."

"네? 제가 가도 되나요?"

"쌍둥이의 부탁이래. 사모님은 미안해하시더라."

조율할 일정을 맞춰, 일주일 후 오후 늦은 시간에 사쿠라 씨 댁을 방문했다.

쌍둥이의 어머니, 사모님이 부드럽게 웃으며 맞아주었다.

"어서 오세요."

안에서 쌍둥이가 나와 나란히 인사했다.

"안녕하세요."

"걱정 끼쳐서 죄송합니다."

밝은 목소리에 안심했다.

"앞으로도 잘 부탁합니다."

"저희야말로요."

야나기 씨도 웃으며 대답했다.

"다시 조율을 신청해주셔서 기쁩니다."

뒤에서 나도 고개를 숙였다. 연락이 없는 동안 줄곧 가슴에 묵직한 돌이 내려앉은 것 같았다. 그 돌이 간신히 움직였다.

"따로 요청이 있나요?"

피아노가 있는 방으로 들어가서 야나기 씨가 물었다.

"맡길게요."

쌍둥이가 입을 모아 말했다.

"그럼 무슨 일이 있으면 언제든 불러주세요."

쌍둥이가 방을 나간 뒤, 야나기 씨는 상의를 벗어 피아노 의자에 걸쳤다.

깨끗하게 닦인 까만 피아노를 열었다. 당, 흰 건반을 쳤다. 기본음인 라는 거의 어긋나지 않았다. 야나기 씨의 조율을 가까이에서 보는 것은 오랜만이었다. 요즘은 단독으로 조율하러 다녔다.

둘이 같이 와주기를 바란다고 의뢰한 이유를 생각했다. 왜 나까지 불렀을까. 일전에 유니는 가게에 찾아와서 병에 걸렸다고 알려주었다. 그랬기에 나도 오라고 해야 예의라고 생각했을까?

야나기 씨가 조율하는 동안 이런저런 생각들이 떠올랐다가 사라졌다.

이 방은 방음이 너무 완벽했다. 피아노 다리에 방음 장치를 단 것은 물론이고, 그 아래에 털이 보송보송한 카펫을 깔고 창에는 두꺼운 방음 커튼을 이중으로 달았다. 전에 왔을 때는 지나치게 신중하긴 해도 맨션이니까 어쩔 수 없으려니 하고 말았다. 그러나 지금은 다른 감정이 앞섰다. 아깝다. 이 상태로는 모처럼의 피아노 소리가 절반은 흡수되고 만다. 가즈네가 연주하는 피아노의 매력도 반으로 줄어든다.

깨닫고 오싹오싹했다. 반감해서 그 정도라니.

야나기 씨가 현 밑에 천을 끼우는 작업을 하는 동안에 손뼉을 쳐보았다. 짝, 건조한 소리가 났다가 금방 사라졌다. 잔향이 거의 없었다. 이번에는 창 저 위에서 바닥까지 드리운 방음 커튼을 열고 다시 손뼉을 쳤다. 짜악. 잔향이 약간이지만 길어졌다. 낮에 연주할 때는 이 무거운 커튼을 젖히고 해도 괜찮지 않을까.

"커튼 쳐."

피아노 앞에 쪼그리고 앉아 야나기 씨가 말했다.

"늘 쳐놓으니까 커튼 친 상태에서 조율하고 싶어."

"그래도 아까워요. 젖히고 피아노를 쳐야 소리가 훨씬 좋은데."

"하여간 고집도."

"엇."

놀란 내 반응에 야나기 씨가 고개를 들었다.

"왜 놀라?"

"죄송합니다."

고집을 부린다는 말은 내가 기억하는 한 태어나서 처음 들었다.

"고집이라니요, 그거 저 말인가요?"

무심코 되묻자 야나기 씨가 미간에 주름을 잔뜩 잡고 나를 노려보았다.

"이 방에 지금 누가 있어? 나랑 도무라 너뿐이지. 나는 일하고 있어. 고집을 부리는 말은 한 기억이 없어. 내가 고집을 부리지 않았다면…… 자, 누가 고집을 부렸을까?"

"저요."

내가 오른손을 들고 대답하자 야나기 씨가 "좋아" 하고 고개를 끄덕였다.

어쩔 수 없이 잠깐 젖혔던 커튼을 쳤다. 소리가 막힐 뿐만 아니라 빛도 막혔다. 다시 커튼을 젖혀보았다. 저녁의 포근한 햇빛이 들어왔다.

"어이."

"네."

내키지 않았지만 다시 커튼을 쳤다. 아깝다는 생각을 버리지
못했다.

"애야?"

애라는 말도 태어나서 처음 들었다. 그런가, 애구나. 후후. 웃음
이 나왔다. 왠지 기분이 가벼워졌다. 그래, 애구나. 고집을 부린 것
이구나.

"왜 웃어."

"아, 죄송합니다."

사과하는 목소리에도 웃음기가 서렸다.

드디어 고집을 부릴 수 있게 되었다. 지금까지 왜 고집을 부리
지 않았을까. 말을 잘 들었다. 어른스러웠다. 늘 남동생에게 밀렸
다. 굳이 주장하고 싶은 자아가 없었다.

지금 고집을 부린다거나 애라는 말을 듣고야 알았다. 나는 대
부분의 것에 대해 아무래도 좋다고 생각해왔다. 고집을 부릴 대
상이 지극히 한정적이었다.

고집을 부리고 싶을 때는 자신을 조금 더 믿어도 된다. 고집을
끝까지 부려도 된다. 내 안의 아이가 그렇게 주장하고 있었다.

쌍둥이가 나를 부른 이유를 알지 못한 채, 거침없이 진행되는 야나기 씨의 조율을 지켜보았다. 단정한 조율이었다. 보조로 쫓아다녔을 때는 몰랐다. 혼자 일하게 된 뒤에 다시 보니까 일련의 작업이 얼마나 차분한지, 또 야나기 씨의 손이 얼마나 섬세한지 알겠다. 흉내 낼 수 없어도 괜찮다. 누구나 다 이렇게 조율할 수 있는 것은 아니다. 그래도 한 가지 표본이다. 수습 기간에 이 사람에게 가르침을 받아서 다행이라고, 진심으로 생각했다.

"끝났습니다."

야나기 씨가 문을 열고 말을 걸었다. 사모님과 쌍둥이가 곧 들어왔다.

"지난번과 같은 상태로 조율해두었습니다."

야나기 씨가 간단히 설명하자 유니가 조금 불만을 나타냈다.

"저기, 우리가 전과 같지 않은데요."

유니가 야나기 씨의 눈을 똑바로 바라보며 지적했다.

"피아노는 똑같이 해두는 편이 좋겠다고 판단했습니다. 여러분이 변했다면 분명 예전과 다른 음색이 나겠지요. 그 음색을 확인하는 것도 중요합니다."

유니는 살짝 고개를 기울인 채로 침묵하더니 나를 보았다.

"도무라 씨는 어떻게 생각하세요?"

내 생각이 어떤지 들으려고 부른 것은 아닐 텐데. 한참 유니의 눈빛을 받다가 솔직히 대답했다.

"모르겠습니다."

그러자 유니의 시선이 멀어지는 것이 느껴졌다.

"연주해보지 않으면 모릅니다. 시험 삼아 연주해보시겠어요?"

가즈네가 고개를 끄덕였다.

저번에는 시험 연주로 연탄곡을 쳤다. 피아노 앞에 나란히 앉은 쌍둥이. 본다고 표현하면 음악이 아니라 마치 예능 방송을 접한 것처럼 느껴지겠지만, 윤기 흐르는 까만 악기 앞에 쌍둥이가 나란히 앉았을 때, 듣는 것보다 보는 기쁨이 먼저 가슴속에서 터졌었다. 이렇게 좋은 광경을 나 혼자 봐도 괜찮을지 생각했었다. 다른 음악가가 미리 써둔 곡이 아닌 것처럼, 피아노에서 태어나는 소리는 쌍둥이의 음악이었다.

유니의 피아노는 매력적이었다. 화려하고 종횡무진 달리는 분방함이 있었다. 인생의 밝음, 즐거움을 돋보이게 하는 피아노. 반대로 가즈네의 피아노는 조용했다. 정적인 숲속에서 퐁퐁 샘솟는 샘물 같았다. 앞으로 어떻게 될까. 두 사람의 피아노가 한 사람의 피아노가 되더라도 그 샘은 그대로 있을까.

가즈네가 혼자 피아노 앞에 앉았을 때, 깜짝 놀랐다. 등이 의연했다. 하얀 손가락을 건반 위에 올리고 조용한 곡을 시작한 순간, 기억도 잡념도 어딘가로 날아가버렸다.

음악이 시작되기 전에 이미 음악을 들은 기분이었다. 지금 이 순간에만 들을 수 있는 음악. 가즈네의 지금이 담겨 있었다. 그래도 계속 이어져온 음악. 짧은 곡을 연주하는 동안에 몇 번이나 반복해서 물결이 일렁였다. 가즈네의 피아노는 세계와 이어진 샘이어서 마르기는커녕 듣는 사람이 설령 하나도 없었더라도 계속 샘솟아왔다.

피아노 건너편으로 가즈네를 바라보는 유니의 얼굴이 보였다. 뺨에 홍조를 띠고 있었다. 유니는 연주하지 못하는데 가즈네는 연주한다. 견딜 수 있을지 걱정했던 내가 부끄럽다. 유니야말로 가즈네의 샘을 누구보다 믿고 있었다.

짧은 곡이 끝났다. 조율 상태를 확인하기 위해 가볍게 시험 삼아 연주할 줄 알았는데 아니었다. 가즈네의 결의를 똑똑히 들었다. 가즈네는 의자에서 일어나 우리를 향해 차분히 인사했다.

"고맙습니다."

저희야말로요, 라고 대답하는 대신에 박수를 쳤다. 유니도 사모님도 야나기 씨도 박수를 쳤다.

"걱정을 끼쳐서 죄송합니다."

가즈네가 말했다. 다음 말을 이으려고 숨을 들이마셨을 때, 나는 가즈네가 무슨 이야기를 하려는지 이미 알고 있었다.

"저, 피아노를 시작하기로 했어요."

가즈네의 피아노는 이미 시작되었다. 훨씬 전부터 시작되었다. 본인이 깨닫지 못했을 뿐이다. 피아노에서 멀어지다니, 가능할 리가 없었다.

"피아니스트가 되고 싶어요."

가즈네의 차분한 목소리에 확연한 의지가 깃들었다. 마치 가즈네의 피아노 음색처럼. 유니가 폴짝 뛰면서 물었다.

"프로를 목표로 한다는 거지?"

밝은 목소리였다. 신이 나서 들뜬 목소리. 가즈네는 그제야 표정을 부드럽게 풀고 고개를 끄덕였다.

"그럴 거야."

"피아노로 먹고사는 사람은 아주 극소수란다."

사모님이 빠르게 말했다. 그래도 사모님의 음성에서 이런 말은 그냥 흘려 들어주길 바라는 마음이 절절하게 전해졌다. 극소수라고 해서 포기하라는 말을 해서는 안 된다. 그렇지만 말하지 않을 수도 없다. 그런 목소리였다.

"피아노로 먹고살 생각은 없어요."

가즈네가 대답했다.

"피아노와 함께 살아갈 거야."

방에 있는 전원이 숨을 삼키고 가즈네를 바라보았다. 가즈네의 차분하게 미소 짓는 그 얼굴. 그 속에서 까만 눈동자가 반짝였다.

아름다웠다.

　가즈네는 언제 이렇게 강해졌을까. 멍하니 가즈네를 바라보았다. 아마 원래 이 아이의 내면에 있던 강함이 유니가 피아노를 치지 못하게 되면서 드러난 것이리라. 그렇다면 나쁘지 않다. 유니는 정말 안타깝지만. 정말, 너무 안타깝지만.

　"진주 같고."

　말로 표현하기 조금 부끄러웠다.

　"빛 같고 숲 같고…… 제대로 표현을 못 하겠지만요."

　옆에서 걷던 야나기 씨가 시선을 돌리지 않고 말했다.

　"가즈네 말이지."

　고개를 끄덕였다. 정확하게는 가즈네의 피아노이다. 소리와 소리가 구르며 합쳐지고 반짝반짝 빛나는 모양을 만들어내는 가즈네의 피아노.

　"잘됐어."

　야나기 씨는 진심으로 가즈네를 축복했다.

　"정말 잘됐어요."

　나를 왜 불렀는지 알겠다. 가즈네는 결의를 보여주려고 했다.

있는 힘껏 가슴을 펴고 한 걸음을 내디딘 가즈네. 위로 들어 올린 오른발이 눈에 보이는 듯했다. 보폭은 작아도 무언가의 인도를 받는 것처럼 망설임 없는 발끝. 발을 내린 그곳은 저 먼 곳으로 쭉 이어지고 있다.

산에서 살던 시절에 신기한 것을 본 적이 있다. 초등학교 5학년 무렵이었다. 마침 지금 정도의 계절에 혼자 밤길을 걷고 있었다. 친구 집에서 돌아오는 길이었다. 무언가 빛나는 것 같아서 시선을 돌렸더니 숲 조금 안쪽에 있는 나무가 반짝이고 있었다. 무슨 일이 일어나고 있는지 알 수 없었다. 두려워하며 가까이 다가 갔다. 느릅나무의 잔가지에 재잘거리는 것처럼 빛이 깃들어 눈부시게 빛나고 있었다. 무슨 현상인지 알 수 없었지만 그저 아름다웠다. 두려울 정도였다. 한 그루만이 아니었다. 그 주변의 나뭇가지도 반짝반짝 희미하게 빛나고 있었다. 그러나 그 느릅나무만은 특별했다. 달빛이 반사된 것치고는 너무 빛났다. 얼음도 아니고 다이아몬드 더스트도 아니었다. 여름에 빛나는 나무를 본 것은 그 이전에도 이후에도 없다. 딱 그때 한 번뿐이다.

지금도 그게 무엇이었는지 궁금하다. 가즈네의 피아노를 듣는 순간, 눈앞에 그 빛이 떠올랐다. 그날 밤, 덧없는 축제 같았던 나무의 빛.

"잘됐어."

야나기 씨가 거듭 반복했다.

"정말 잘됐어요."

나 역시 같은 말을 반복했다.

단 한 번뿐인 기적이 아니다. 확신했다. 가즈네의 뛰어난 피아노는 어쩌다가 발휘되는 그런 것이 아니다. 산에서는 내가 모르는 어딘가에서 오늘 밤에도 나무가 빛날 것이다.

그로부터 열흘쯤 지나 쌍둥이가 가게로 찾아왔다. 마침 주말에 홀에서 열리는 소규모 리사이틀을 준비하던 참이었다.

"와아, 그립다."

유니가 환성을 질렀다.

"어렸을 때 여기서 발표회를 한 적이 있어요."

쌍둥이는 우리 가게의 병설 유아 교실에서 피아노를 배우기 시작했다고 한다.

"사쿠라 양?"

리사이틀용 피아노 조율을 마친 아키노 씨가 유니와 가즈네를 보고 말을 걸었다.

"안녕하세요."

"오오, 이제 다 컸네. 유니도 가즈네도. 예전부터 똑같이 생겨서 구별하기 힘들었어."

아키노 씨가 쌍둥이의 얼굴을 번갈아 바라보았다. 사쿠라 씨댁의 피아노 조율은 예전에 아키노 씨가 담당했다가 야나기 씨가 이어받았다고 한다. 보통 한 피아노는 한 명의 조율사가 조율을 담당하는데, 어떤 사정으로 도중에 바뀌기도 한다. 대타로 상대방 고객의 조율을 맡을 때도 있고 고객과 성격이 잘 안 맞아서 바뀌기도 한다. 혹은 단지 고객의 집에서 가까이 산다는 이유로 교체할 때도 있다.

"마침 잘됐네, 쳐볼래?"

"아, 괜찮나요?"

그렇게 물은 쪽은 유니였다. 무심코 유니가 칠 것이라고 생각해버렸다.

"물론이지. 마침 조율도 끝났으니까. 괜찮다면 한 곡 들려줘."

아키노 씨가 싱글벙글 웃어서 신기했다. 하긴, 아키노 씨는 고객에게 친절하다. 또 오랜만에 쌍둥이와 만났으니 아무래도 기쁠 것이다.

"자, 얼른."

유니가 가즈네를 재촉했다. 가즈네가 피아노 앞에 앉았다.

"오오."

의자를 옮기던 야나기 씨가 의자를 내려놓고 달려왔다.

"이렇게 재미있는 일이 생겼으면 잽싸게 불렀어야지."

야나기 씨가 나를 팔꿈치로 쳤다.

"잠깐 기다려주세요. 모처럼이니까."

사무소로 돌아가 남아 있던 기타가와 씨에게 말을 걸었다. 가즈네의 피아노를 듣지 않으시겠어요? 진지하게 연주하겠다고 결정한 가즈네의 피아노. 평범한 고등학생이지만 평범한 고등학생이 아니다. 사무소 사람들 모두에게, 최대한 많은 사람에게 들려주고 싶었다.

기타가와 씨가 바로 와주었다. 밖에서 막 돌아온 영업직 모로하시 씨도 참석했다. 관객을 두 명 데리고 돌아오자, 가즈네는 피아노 앞의 등받이 없는 의자에 벌써 앉아 있었다. 피아노는 뚜껑이 열려 가즈네가 흰 건반을 건드려주기를 숨죽이고 기다리고 있었다.

흐읍, 숨을 들이마시는 기척이 들리고 곡이 시작되었다. 피아노가 숨을 내쉬었다. 며칠 전에 시험 삼아 연주했을 때와 전혀 다른, 가볍고 밝은 곡이었다. 즐겁고 아름다운 곡. 반짝반짝 스스로 빛나는 것처럼, 산에서 빛나던 나무를 떠올리게 해주는 가즈네의 피아노. 그 장점을 마음껏 발휘하는 곡이었다. 어떻게 이럴 수 있을까. 벅차게 가슴이 뛰었다. 지금까지와는 다르다. 지금까지보다 더 좋다. 마치 유니의 피아노가 지닌 장점까지 옮겨온 것 같았다.

마지막 음을 마치고 가즈네가 양손을 무릎 위에 모은 순간, 기타가와 씨가 정신없이 박수를 쳤다. 그래, 박수다. 허둥거리며 나도 박수를 쳤다.

가즈네가 일어나 인사했다. 유니도 옆에서 인사했다.

"멋져."

기타가와 씨가 만면에 웃음을 띠고 박수를 쳤다.

아키노 씨는 홀을 빠져나갔다. 고개를 작게 한 번 끄덕이는 뒷모습이 보였다.

"도무라 군."

사장이 흥분해서 말을 걸었다.

"저 애, 저렇게 대단했던가."

네와 아니요, 둘 중 하나로 대답해야 한다면 네. 가즈네의 피아노는 예전부터 대단했다. 거기에 오늘은 무엇인가가 더해졌다.

"아아, 놀랐어. 둔갑한 줄 알았네."

둔갑이 아니다. 가즈네는 예전부터 가즈네였다. 처음 연주를 들었을 때는 아직 떡잎이었다. 지금은 쑥쑥 자라고 있다. 줄기를 뻗고 잎을 펼쳐 마침내 봉오리가 움트기 시작했다. 지금부터 시작이다.

"예전부터 대단했다고 생각합니다."

조심스럽게 말하자 사장이 두꺼운 눈썹을 올리며 나를 보았다.

"그래, 그랬지. 도무라 군이 특히 응원했었지. 그래도 왠지 예전과는 다른 사람이 된 것 같아. 아주 대단한 걸 본 기분이야."

"들으신 게 아니고요?"

사장이 고개를 끄덕였다.

"피아노가 훌쩍 성장한 순간. 아니, 한 인간이 성장하는 순간이었어. 그런 순간을 본 기분이야."

그러더니 갑자기 내게 악수를 청했다. 내민 손을 꽉 잡더니 내 어깨를 툭툭 두드리고 홀을 나갔다.

야나기 씨는 가즈네에게 가서 뭐라고 말을 걸더니 기뻐하며 돌아왔다.

"위험해, 가즈네. 위험하다고."

쌍둥이가 이쪽으로 다가왔다.

"갑자기 찾아왔는데, 여러모로 고맙습니다."

가즈네가 다시 지극히 진지한 표정으로 돌아와 고개를 숙였다.

"미안해요. 용건이 있어서 왔을 텐데 갑자기 피아노를 치게 해서요."

"아니에요, 인사를 드리고 싶어서 왔어요. 앞으로도 잘 부탁한다고요. 그리고 연주할 수 있어서 좋았어요. 연주하는 것이 제일 좋아요."

"네."

고개를 끄덕이자 가즈네의 표정이 부드럽게 풀렸다.

"저기."

옆에서 유니가 나를 똑바로 바라보았다. 순간 머릿속이 혼란스러웠다. 유니와 가즈네는 닮았다. 당연히 알고 있다. 그래도 이 얼굴. 이 표정. 그래, 지난번에 사쿠라 씨 댁을 방문했을 때의 가즈네와 똑같았다. 까만 눈동자에 빛이 가득하고 뺨이 불그스름하다. 역시 예쁘다고 생각했다. 강한 의지를 품은 것처럼 꼭 다문 입술이 열렸다.

"저, 역시 피아노를 포기하고 싶지 않아요."

포기한다. 포기하지 않는다……. 양쪽 중 하나를 선택할 수 있을까? 선택하는 것이 아니라 선택되는 것 아닌가?

유니의 시선이 나를 찔렀다. 포기하고 싶지 않다고 말하는 이 아이에게 아무것도 해줄 수 없다. 아무것도 도와주지 못한다고 생각하면서도 시선을 외면하지 못했다.

"조율사가 되고 싶어요."

당황해서 말이 나오지 않았다.

그러나 유니의 진지한 표정을 보고 생각했다. 피아노를 포기한다는 것 자체가 말이 안 되지 않을까. 숲 입구는 어디든 있다. 숲을 걷는 방법도 분명 다양하다.

조율사가 된다. 그 길 역시 피아노의 숲을 걷는 한 가지 방법이다. 피아니스트와 조율사는 분명히 같은 숲을 걷는다. 숲 안의 다른 길을.

"가즈네의 피아노를 조율하고 싶어요."

"그건······."

야나기 씨와 내 목소리가 겹쳤다. 아마 나와는 다른 말을 하려는 것이라고 생각했다.

"재미있네요."

과연, 야나기 씨가 말했다.

"괜찮은 전문학교가 있으니까 거기에서 공부하면 돼요."

"제가 바랐어요."

가즈네가 말했다.

"만약 제가 연주하는 피아노를 유니가 조율해준다면 마음이 정말 든든할 것 같아서요."

"아니야."

유니가 끼어들었다.

"제가 바란 거예요. 가즈네가 연주하는 피아노를 조율하고 싶어요."

"하지만."

내가 끼어들자 까만 눈동자 네 개가 일제히 나를 향했다.

"하지만 뭐야."

야나기 씨도 나를 보았다. 나는 묵묵히 고개를 저었다.

하지만 사실은…… 나도 원한다. 내가 가즈네의 피아노를 조율하고 싶다. 그렇게 생각했지만 말할 수가 없었다. 내게는 능력이 없다. 내 조율은 가즈네가 날개를 펼치는 타이밍을 맞추지 못할지도 모른다.

"피아노를 연주하는 사람이라면 다들 알 거예요. 혼자예요. 연주를 시작하면 결국엔 혼자예요."

가즈네가 차분하게 말했다.

"그러니까 유니가 완벽하게 조율해준 피아노를 연주하고 싶어요. 그게 지금 제 꿈이에요."

꿈이라. 야나기 씨와 나는 얼굴을 마주 보았다. 아마 또 다른 생각을 하고 있을 것이다.

"좋은데요."

야나기 씨가 말했다. 나는 답답했다. 그런 작은 꿈으로 만족하나? 좀 아니지 않나? 좀 더 커다란 꿈을 꿔도 되잖아. 가즈네는 가즈네이다. 피아노와 함께 살아갈 사람이다.

"피아노를 연주하기 시작하면 혼자예요."

유니가 가즈네의 말을 그대로 받아 말했다. 목소리에 강한 의지가 생생했다.

"그러니까 그 혼자인 연주자를 우리가 전력으로 지지하는 거예요."

아아. 탄성이 나올 뻔했다. 우리, 그 말은 나와 야나기 씨가 했어야 했다. 내가, 우리가, 가즈네의 피아노를 지지한다.

"가즈네가 그러는 것처럼 저도 피아노로 살아갈 거예요."

또 먼 산속 나무에 어렴풋한 빛이 맺히는 풍경이 보였다. 유니는 조율사가 되겠다고 이미 확고하게 결심했다.

"그럼 오늘은 이만 돌아갈게요. 실례했습니다."

나란히 인사하고 고개를 든 둘은 아주 밝게 웃고 있었다.

입구까지 배웅하고 손을 흔들었다. 2층 사무소로 돌아와서도 야나기 씨는 여전히 흥분 상태였다.

"왠지 나, 무지무지 열심히 하고 싶은 기분이야. 아아, 언제 이후더라, 이런 기분. 복싱 중계를 봤을 때 같아. 보고 나서 미친 듯이 뛰어다니고 싶은, 피가 들끓고 살이 떨리는 그런 느낌이야."

정신없이 중얼거리더니 갑자기 한숨을 쉬고 고개를 저었다.

"답답하다. 앞뒤 가리지 않고 노력하고 싶은데 무슨 노력을 하면 되는지 모르겠어."

"저도요."

무슨 노력을 해야 쌍둥이를 응원할 수 있을까. 어떻게 노력해야 좋은 조율을 할 수 있을까. 알 수만 있다면 지금 당장 모든 힘을 다 쏟아 노력할 텐데. 아무리 힘들어도, 고생이어도, 무엇을 해야 할지 알 수 있다면.

어쩌면 피아니스트도 마찬가지일지 모른다. 기초나 기술 훈련은 당연히 필요하겠지만 어떻게 표현을 갈고닦는가. 진정으로 좋은 음악에 도움이 되는 것은 무엇인가. 답이 무엇인지는 아마 그 누구도 확실하게 모를 것이다.

"아아, 나. 피맺히는 노력이라는 걸 해보고 싶어."

오른손을 꽉 움켜쥔 야나기 씨는 그제야 뚫어지게 쳐다보는 내 시선을 깨달은 모양이다.

"그렇게 생각하지 않아?"

"생각해요. 정말로 생각해요. 하지만 어떻게 힘을 내면 좋은지, 어떤 노력을 해야 좋은 소리를 만들 수 있는지, 그걸 몰라서."

"팔만 붕붕 휘두르는 느낌이야."

야나기 씨가 웃었다.

"달리기 연습을 해야 할까? 새벽 러닝. 줄넘기나 수영도 좋대. 수영장에서 매일 5킬로미터씩 헤엄치는 거야."

"정말요?"

"정말이라고 생각해?"

내 낙담한 표정을 보고 야나기 씨는 또 웃었다.

"뛰거나 헤엄을 쳐서 체력을 기르는 것은 조율사 이전에 인간으로서 중요하지 않을까? 나는 안 하지만."

"안 하세요?"

"당연하지. 뛰기 싫어. 그래도 도움이 안 되진 않겠지. 체력이
붙을 테니까. 너는 시간만 생기면 사무소 피아노를 조율하잖아.
그것과 비슷한 정도로는 도움이 되지 않을까? 같은 업체의, 상태
가 비교적 좋은 피아노만 반복해서 조율하는 것도 뭐, 쓸모없진
않겠지만 몇 번쯤 하면 그다지 의미가 없을 거야. 물론 안 하는 것
보다는 훨씬 좋겠지만. 그래도 이왕이면 다음 단계로 나아가는
편이 낫지 않겠어?"

다음으로. 나아갈 수 있다면 나아가고 싶다. 노력할 수 있다면
노력하고 싶다. 아니, 노력하지 않으면 안 된다. 가즈네도 유니도
걸음을 시작했다.

하지만 어떻게 해야 할까. 아직도 부족한 자신감이 가슴 안에
서 고개를 내밀고 있다. 어떻게 노력하면 좋을지 몰라 제자리걸
음이다. 사실은 쌍둥이와 함께 가고 싶은데. 가능하면 뛰어서 쫓
아가고 싶은데.

"그건 그렇고요."

"응."

"어떻게 그렇게도 아름다운, 천국에서 울리는 종 같은 화음을
낼 수 있을까요?"

"화음만이 아니라 전부 아름답지 않아?"

야나기 씨가 웃었다. 그야 전부 다 아름답지만 화음이 특별했다. 행복하다 못해 몸의 중심이 녹아내릴 것만 같아서 방심했다가 눈물을 흘릴 뻔했다. 소리를 쌓아 올리는 방식이 특별했다. 똑같은 피아노로 다른 사람이 하는 연주를 자주 들었는데 왜 가즈네가 만드는 음색은 다를까. 그 화음을 더욱 살리려면 어떻게 조율해야 좋을까.

"그래도 잘됐어. 갑자기 기운이 난다."

지금부터 외근을 간다는 야나기 씨와 헤어져 자리로 돌아왔을 때 문득 이런 생각이 들었다.

화음이 특별히 아름답게 들린 것은 역시 착각이 아닐지도 모른다. 평균율로 조율하면 어쩔 수 없이 나오고 마는 탁한 소리만 약하게 친 것은 아닐까? 전문학교에 다닐 때 이론으로 배운 적이 있다. 화음 조합으로 생기는 탁한 소리를 하나하나 파악해 그 소리만 작게 연주하는 피아니스트도 흔치 않지만 존재한다고. 페달도 세심하게 조작하면서 울림을 조절한다고 들었다.

혹시 가즈네가 정말로 그런 피아니스트라면 조율로 도울 수 있는 일은 무엇일까. 페달이 잘 움직이게 하면 더욱 섬세하게 연주할 수 있을까?

자리에서 일어나 조금 전에 가즈네가 연주한 피아노 페달을 보러 가려다가 멈췄다. 내일 리사이틀을 위해 조율을 마친 피아노였다. 건드려서 음색이 달라지면 안 된다. 진정해. 의자에 다시 앉았지만 충동을 느꼈다. 지금 확인해두지 않으면 다음에 가즈네가 연주할 때 시험해볼 수 없다. 다시 일어난 순간, 기타가와 씨가 말을 걸었다.

"뭐 하는 거야, 도무라?"

그 바람에 나도 모르게 후다닥 주저앉았다. 기타가와 씨가 묘한 눈빛으로 나를 살폈다.

"아까부터 일어났다가 앉았다가."

"아니요, 그게 페달을 조정해볼까 해서요."

"하면 되잖아."

"그래도 저기, 안 하는 게 좋을 것 같아서……."

말끝을 흐리자 기타가와 씨가 웃음을 터뜨렸다.

"무슨 생각이 난 건데?"

"아아, 그게, 가즈네 씨의 화음을 들어보니까 하프 페달이나 4분의 1 페달을 밟을 때 더 잘 움직이게 조정하면 편하게 칠 수 있을 것 같아서요. 그냥 추측일 뿐이지만요."

"그러니까 해보면 된다니까. 자, 얼른 가서 가즈네를 붙잡아."

당황해서 고개를 저었다.

"아니, 도움이 될지 안 될지 모르는 걸요. 어쩌면 괜한 짓일지도 모르고, 그래도 중요할지도 몰라서."

내가 생각해도 참 갈팡질팡 정신이 없었다. 즉, 자신이 없었다. 단순한 아이디어라고 변명하면서 도망치는 것인지도 모른다.

"있잖아, 도무라. 그 생각이 가즈네에게 도움이 될지도 모르고 도움이 안 될지도 몰라. 그래도 앞으로 네 조율에는 도움이 될 수도 있어. 물론 도움이 안 될 수도 있지."

기타가와 씨는 웃으며 말했다.

"음악이란 원래 그런 거 아니겠어?"

"네."

수긍했지만 정말 그럴까? 하는 의문도 있었다. 음악에는 도움이 될지도 모르고 도움이 안 될지도 모른다. 그럴지도 모르지만.

"기타가와 씨, 저요, 이타도리 씨가 조율한 피아노 소리를 처음 들었을 때 인생이 달라졌다고 생각해요."

"응."

"음악이 제 인생에 도움이 될지 말지, 그런 건 몰랐어요. 그래도 제 인생은 그때 시작됐어요. 도움이 될지 말지의 문제를 훌쩍 뛰어넘은 체험이었어요."

"응, 이해해."

기타가와 씨가 힘차게 고개를 끄덕였다.

"그러니까 생각한 대로 해보면 되지 않겠어? 잘 안 되면 다시 원래대로 되돌리면 그만이니까. 가즈네의 피아노가 더 좋아질 수도 있잖아?"

"네."

앉은 자리에서 다시 한 번 일어났다. 가즈네는 이미 돌아갔을 것이다.

"왠지 도무라를 보면 예전에 읽은 추리소설이 떠올라."

"네? 어떤 건데요?"

기타가와 씨가 자리에서 일어나 다가오더니 목소리를 낮췄다.

"소설 자체는 재미있었는데 사건을 해결하는 단서가 좀 엉뚱하다고 할까? 범인에게서 말 없는 전화가 걸려왔는데, 전화 너머에서 희미하게 딱딱거리는 소리가 들리는 거야."

"하아."

이야기가 어떻게 연결될지 궁금했다.

"주인공은 그 딱딱거리는 소리를 듣고 범인이 전화를 건 장소를 추리했어. 범인은 집 안에서 개를 키우고 있다고. 숨이 끊어지려는 개가 누워서 바닥을 힘없이 발톱으로 치는 소리라고 추리해낸 거야."

"딱딱만으로요?"

"응."

기타가와 씨는 작게 숨을 내쉬었다.

"사소한 실마리로 그 피아노에 가장 적합한 소리를 찾을 수 있어. 이 딱딱거리는 소리와 비슷하지 않을까? 그러니까 끌어낸 해답은 어쩌면 틀렸을 수도 있어. 잘못 해석했을 수도 있고. 그래도 그런 추리를 해내느냐 마느냐가 조율사의 자질이라고 생각해."

"하아."

"너라면 할 수 있어. 내 생각인데, 도무라는 딱딱거리는 소리를 잘 찾아내는 것 같아. 그게 기술과 연결될 날은 한참 멀었을 수도 있지만."

아아, 격려해주는구나. 면목이 없었다.

"고맙습니다."

솔직하게 고개를 숙였다.

"그 딱딱거리는 소리요, 사소한 실마리란 어쩌면 조율사에게는 까치 같은 것이 아닐까요?"

떠오른 생각을 말하자 기타가와 씨가 멍하니 나를 바라보았다.

"까치들이 은하수에 다리를 만들어준다는 설화가 있잖아요. 그렇게 피아노와 피아니스트를 이어주는 까치를 한 마리씩 여기저기에서 모아오는 것이 우리가 하는 일이라고 생각해요."

기타가와 씨는 호들갑스럽게 고개를 저었다.

"예전부터 생각했는데 너 진짜 로맨티시스트다."

"제가 뭘요."

내 말을 대충 흘려듣고 기타가와 씨는 즐겁게 고개를 저으며
말했다.

"까치라니. 생각해본 적도 없어."

까치를 마지막 한 마리까지 모아야 한다. 한 마리라도 부족하
면 한 마리 크기의 간격이 생긴다. 까치가 부족하면 마지막에 넓
은 틈을 발 벌려 넘거나 뛰어넘어야 하려나?

길이 험준하다. 저 앞까지 너무 멀어서 어떻게 노력해야 하는
지조차 보이지 않는다. 처음은 의지. 마지막도 의지. 그 사이에 있
는 것은 분발이나 노력이거나, 혹은 분발도 노력도 아닌 다른 무
언가이거나.

매일 피아노를 만지는 행위. 고객의 말에 귀를 기울이는 행위.
조율 도구를 깨끗하게 닦는 행위. 사무소의 피아노를 한 대씩 다
시 조율하는 행위나 피아노 곡집을 듣는 행위, 아키노 씨와 야나
기 씨에게 가르침을 받는 행위. 이타도리 씨에게 받는 힌트. 가즈
네의 음색. 그리고 어쩌면, 짧은 여름에 풀숲의 훗훗한 열기 속에
서 뒹굴었던 것이나 밤에 산속에서 오롯이 빛나는 나무를 본 것
이나 샘물 소리에 귀를 기울였던 것. 그 전부가 까치이다.

빙글빙글 돌며 멈추지 않았던 나침반이 우뚝 멈췄다. 숲에서,
마을에서, 고등학교 체육관에서, 수많은 피아노 앞에서 흔들리던
빨간 화살표가 일제히 한 방향을 가리켰다. 가즈네의 피아노. 나

는 가즈네의 피아노를 위해서 온 힘을 다해 까치를 모을 것이다.

피아노와 함께 살아가겠다고 한 가즈네의 목소리가 귀에서 떠나지 않는다. 그 당당한 목소리. 홍조를 띤 뺨. 까맣게 빛나던 눈동자.

아침 일찍 사무소로 출근하면서 계속 생각했다. 가즈네의 피아노. 가즈네의 말, 가즈네의 표정. 그것은 결단코 나만을 향한 것이 아니었다. 그런데도 나의 마음을 울렸다. 몇 번이나 나를 감동하게 했다. 내게도 돌려줄 것이 있다. 응답할 방법이 있다.

아무도 없는 사무소 문을 열었다. 처음 입사했을 때는 신입인 내가 당연히 제일 먼저 출근해서 문을 열어야 한다고 생각했다. 그런데 얼마 지나지 않아 그런 것은 신경 쓰지 않아도 괜찮다는 말을 들었다. 이른 아침일수록 길이 한가해서 일찍 출근할 뿐이니까 괜한 데에 신경 쓰지 말라고 아키노 씨가 말한 이래, 사무소 문을 제일 먼저 여는 사람은 항상 아키노 씨였다.

하지만 오늘은 가만히 있을 수 없었다. 내 방에는 피아노가 없다. 한시라도 빨리 사무소로 가서 피아노를 만지고 싶었다.

가즈네의 피아노가 좋은 이유는 잘 치기 때문만이 아니다. 아름답고 품격이 있어서만이 아니라, 음색 그 아래에 숨어 있는 무엇인가가 당장에라도 드러날 것 같아서이다. 그 직전의 긴장감이 이따금 보이기 때문이다.

그것은 언젠가 반드시 고개를 내밀겠지. 가즈네의 그 강인함은 반드시 소리로 나올 것이다. 불가능할지도 모른다는 망설임이 가즈네에게 조금이라도 있다면, 피아노를 치지 못하는 유니가 조금이라도 마음에 걸린다면, 가즈네는 절대 피아니스트를 꿈꾸지 않았으리라.

가즈네의 피아노에 더해진 무언가는 그림자가 아니다. 연주하지 못하는 유니의 슬픔이나 원통함을 끌어안은 책임감도 아니다. 그 전부를 삼키고 태어난 강인한 밝음이었다.

가게 출입구로 들어갔을 때, 가벼운 현기증을 느껴 걸음을 멈췄다. 그 밝음이 되살아났다. 눈 안에서, 귀 안에서. 진지하게 피아니스트를 꿈꾸는 가즈네가 이렇게 나를 북돋울 줄은 몰랐다. 가즈네 본인에게도 그럴 의도가 없었을 텐데.

계단을 올라가 사무소 창문을 열었다. 하늘이 빛났다. 이 시간대의 바람은 아직 차갑다.

피아니스트가 되겠다고 결정한 순간부터, 가즈네에게 이 세상은 지금까지와는 다르게 보이지 않았을까? 나도 가즈네와 같은 나이였다. 열일곱 살. 그때 이타도리 씨와 만났다. 조율사가 되겠다고 다짐했을 때의 기쁨을 지금도 또렷하게 기억한다. 아무 보장도 없으면서 갑자기 눈앞의 안개가 걷힌 것만 같은, 처음으로 내 두 발로 땅을 박차고 걷는 것과도 같은, 손으로 어떤 윤곽을 더듬는 것 같은 기쁨. 그때, 이제부터 어디까지든 걸어갈 수 있겠다고 생각했다. 어디까지든 걸어서 나아가야 한다.

조율을 재개한 날, 사모님이 말했다. 가즈네는 피아노 연습이라면 아무리 오래 해도 힘들어하지 않는다고.

"아무리 연습해도 전혀 지치지 않는대요."

사모님이 눈을 가늘게 뜨며 웃었다.

"그렇게 연습할 수 있다는 것은, 그것만으로도 재능입니다."

야나기 씨가 말을 받았다.

나도 그렇게 생각한다. 가즈네는 무언가를 꾹 참고 피아노를 치지 않는다. 노력한다는 생각도 없이 노력하고 있기에 의미가 있다. 노력한다고 생각하면서 하는 노력은 보상을 받으려는 마음이 있어서 소심하게 끝난다. 자기 머리로 생각하고 있는 범위 안에서 노력하고 그 대가를 회수하려고 하다 보니 그저 노력에 그치고 만다. 하지만 그 노력을 노력이라고 생각하지 않으면서 하게 되면 상상을 뛰어넘는 가능성이 펼쳐진다.

가즈네는 부러울 만큼 고결한 정신으로 피아노를 마주한다. 피아노를 마주하는 동시에 이 세상과 마주한다.

나는 어떤 노력을 해야 좋을지 모른다. 모르니까 닥치는 대로 한다. 이른 아침에 사무소로 와서 가즈네의 집에 있는 것과 같은 그랜드피아노의 뚜껑을 열었다. 아침 중에 피아노 한 대를 순정률로 조율할 것이다.

순정률은 음률의 하나이다. 한 옥타브 내에 도, 레, 미, 파, 솔, 라, 시와 각각의 반음까지 총 열두 개의 음정이 있고 이것을 바르게 잡는 방법에는 몇 가지가 있다. 그중 주된 방식이 순정률과 평균율이다.

한 옥타브를 균등하게 열둘로 나누는 평균율은 합리적이어서 거의 모든 피아노 조율에 사용한다. 크게 문제는 없지만, 엄밀히 말해서 일정하지 않은 이웃한 음끼리의 거리가 균일하게 설정되기 때문에 음 조합에 따라 불협화음이 생긴다. 화음을 이룬 도미솔의 미와 라도미의 미는 원래 음높이가 달라야 한다.

이와 달리 순정률은 음의 울림을 우선시한다. 한 음씩 주파수의 비가 정수비례가 되도록 규정한다. 몇 가지 음을 겹쳤을 때, 주파수의 비가 단순하면 단순할수록 아름답게 울리기 때문이다. 그래서 순정률로 조율한 피아노를 연주하면 화음이 아름답다. 단, 인접한 음들의 간격이 각각의 음마다 다 달라서 조를 바꾸면 사용하지 못하는 큰 약점이 있다.

현악기나 관악기라면 연주하면서 직접 음높이를 바꿀 수 있다.

예를 들어 단조 도미솔에 미가 플랫이라면 미를 약간 높여준다. 그러면 완벽한 하모니가 생긴다. 물론 그렇게 하려면 그 도가 어떤 조성이며 어떤 화음의 몇 번째 음인지 완벽하게 파악해야 한다. 또 악기에 따라 음을 구분해서 연주하는 기술도 필요하다. 이론상으로는 나도 알고 있고, 그렇게 연주를 하려면 보통 일이 아니라는 것 또한 안다.

피아노로는 애당초 무리이다. 건반에 할당되는 음이 정해져 있어서 연주자가 음정을 바꿀 수 없다. 우리 조율사가 만든 음으로 연주할 수밖에 없다. 하모니에 미묘한 불협화음을 느껴도 그 음을 연주할 수밖에 없다.

순정률로 하는 조율. 시험해보고 싶었지만 그럴 여유가 없다고 생각했다. 그러나 '절대'는 없다. '옳다'도 '도움이 된다'도 '헛되다'도 없다. 하나하나 제하다 보면 여유가 생기기를 기다리는 것은 불성실한 핑계로 보인다. 지금은 조율과 관련이 있다면 뭐든지 하고 싶다. 시험해보고 싶다. 그렇게 하다 보면 무언가 여유로 바뀔지 모른다. 그 여유가 또 다른 무언가로 바뀔지도 모른다. 여유가 자연히 생길 때까지 기다리면 몇십 년은 걸릴 테니 당장 시작해야 한다.

평균율에서 순정률로, 약 한 시간에 걸쳐 조율을 바꾸고 쳐보았다. 나는 피아노를 연주하지 못하니까 소리를 확인할 뿐이다.

도미솔, 솔시레, 파라도. 오늘 중에 다시 평균율로 되돌려야 하는 사실이 안타까울 정도로 아름다운 울림이었다.

"어라."

쇼룸 입구에서 이타도리 씨가 고개를 내밀었다.

"도무라 군이군요."

놀란 것처럼 몸을 기울이며 물었다.

"대체 무슨 일이 있었습니까?"

무슨 말인지 모르겠다. 무슨 일이 있었을까.

"갑자기 좋아졌어요."

"무슨 말씀이시죠?"

"도무라 군의 조율 말입니다."

말투는 온화하지만 표정이 진지했다.

"소리가 맑아요."

정말이라면 기쁘다. 하지만 그럴 리가 없다. 음정을 바꿨다. 순정률에 맞췄다. 그러나 음색은 어떨까. 의도해서 바꾸지 않았다.

"좋네요."

이타도리 씨가 웃으며 고개를 살짝 끄덕였다.

"고맙습니다."

이타도리 씨는 웃는 얼굴로 쇼룸을 나섰다.

정말일까? 정말로 내 조율이 나아졌을까? 천으로 건반을 닦고 뚜껑을 조심해서 닫았다.

예전에 야나기 씨와 레스토랑으로 비유한 이야기를 나눈 적이 있다. 누가 먹을지 모르니까 어떤 손님이라도 처음 먹는 한입으로 충격을 받게 하려고 고심한다는 이야기. 누가 먹을지 알면 그 사람에게 초점을 맞출 수 있다. 원하는 맛을 제공할 수 있다. 조율도 그렇다. 누가 연주할지 알고 있다면 그 사람에게 제일 어울리는 음색, 그 사람이 제일 원하는 음색을 만들면 된다.

까치 한 마리가 날아와 가문비나무 숲에 앉았다. 나는 가즈네가 연주하는 상상을 하며 쇼룸의 피아노를 조율했다. 피아니스트가 되기로 한 가즈네의 피아노를 위해서.

혼자 조율하러 다니기 시작하자 차츰 첫 방문이 아닌 고객도 늘어났다.

한 번 방문한 집은 기억한다. 그 집이나 의뢰인보다도 피아노를 기억한다. 아아, 하고 깨닫는다. 까만 뚜껑을 열면 알아본다. 내가 조율한 흔적이 또렷하게 남아 있다. 마치 내 모습을 거울로 보는 것 같다. 무슨 생각을 하고 무슨 소리를 내고 싶어서 어디를 어떻게 했는지, 그런 것을 안다.

나는 사람에게 그다지 사교적이지 못하고 붙임성도 없어서 피아노에만 친밀감을 느낀다. 이야, 오랜만이네. 이렇게 말을 걸고 싶다. 피아노 안에 나의 흔적이 남아 있으니까 그럴 수도 있다는 이야기이다.

작년에 만났을 때는 뾰루퉁해 있던 피아노가 조금은 내게 마음을 열고 다가와주는 기분을 느끼기도 한다. 고객도 그렇다. 작년에는 피아노 옆에 바싹 붙어서 조마조마하게 작업을 지켜보던 고객이 올해는 온전히 맡겨주었다.

"당신 덕분에 우리 피아노가 참 좋은 피아노처럼 보여요."

오늘 간 집에서 연배 있는 여성이 말해주었다.

"우리 피아노를 소중하게, 사랑스럽게 다뤄주어서 무척 기뻤답니다."

멋쩍었다.

"아니요, 제가 드릴 말씀입니다. 감사합니다."

피아노 소리에 대해 칭찬받지는 못했지만 지금 내게는 이 정도도 과분한 말이었다.

하얀 경자동차에 조율 도구를 싣고 기분 좋게 운전해서 가게로 돌아왔다. 작년의 내가 피아노에 남긴 것을 올해의 내가 새롭게, 좀 더 좋게, 만들어간다. 내년의 나는 아마 실력이 더 좋아져 있을 테니까 좀 더, 좀 더 많이 좋아질 수 있겠지. 지금까지 만난 고객에게는 죄송하지만 점점 더 좋아질 피아노를 지켜봐주면 고맙겠다.

가게로 돌아오니 야나기 씨가 나가려던 참이었다.

"뭐야, 기분이 좋아 보이는데?"

야나기 씨도 기분이 좋아 보였다. 내년의 나를 기다려주기를 바란다는 속 편한 생각을 했다는 말은 좀 아닌 것 같아서 대충 얼버무렸다.

"저는 좋은 고객을 만나는 운이 있다고 생각했어요."

"고객이라."

잠깐 생각하다가 덧붙였다.

"아, 좋은 선배를 만나는 운도요."

야나기 씨가 나를 힐끔 보고 웃었다.

"그런 괜한 말은 안 해도 돼. 좋은 고객을 만난다는 생각이 너답다 싶었을 뿐이야."

"그런가요?"

"본인은 어떻게 생각하는지 모르겠지만."

전제를 깔고 한 야나기 씨의 말이 가슴을 지잉 울렸다.

"도무라는 특별한 무언가를 타고나지는 않았어."

그 말이 맞다. 정말로 그 말이 맞다.

"고객이나 선배나, 고작해야 그 정도이려나."

특별히 귀가 좋지도 않고 손끝이 여물지도 않고 음악적 소양이 뛰어나지도 않다. 무언가를 타고나지 않았다. 아무것도 없다. 그저, 그 까맣고 커다란 악기에 매료되어 여기까지 왔다.

"그러니까 도무라의 실력이야."

"네?

되묻자 야나기 씨가 히죽 웃었다.

"좋은 고객을 만난 게 아니라 그게 네 실력이라고."

그 순간 아무 반응도 못 하고 외근가는 야나기 씨의 뒷모습을 배웅했다.

진심으로 고마웠다. 야나기 씨의 다정함은 언제나 내게 용기를 준다. 물론 다른 누구도 아닌 내가 내 실력을 잘 알고 있다.

"조율은 어떻게 하면 좋아질까요."

혼잣말이었다. 자리로 돌아오면서 무심코 말했나 보다.

"일단 1만 시간이래."

그 말에 뒤를 돌아보자 기타가와 씨가 나를 보고 있었다.

"어떤 일이든 1만 시간을 투자하면 그럴싸해진다더라. 고민하고 싶으면 1만 시간을 투자한 후에 고민하면 돼."

1만 시간이 얼마나 되는 세월인지 멍하니 계산했다.

"대충 5,6년 아닐까?"

기타가와 씨가 자기 자리에서 전자계산기를 들어 보였다.

"하루 내내 조율만 하고 있을 수는 없고 휴일도 있으니까. 뭐,

야나기 정도라면 대충 1만 시간을 넘었을 것 같긴 하다."

1만 시간이 긴지 짧은지 모르겠다. 그래도 넘을 수밖에 없다.

"1만 시간."

중얼거리자 건너편 자리에서 사무 작업을 하던 아키노 씨가 의심 가득한 시선으로 나를 힐끔거리고 다시 외면했다.

"아키노 씨."

불러도 대답이 없다.

"아키노 씨, 다시 조율을 견학해도 될까요?"

아키노 씨는 천천히 왼쪽 귀에 낀 귀마개를 뺐다.

"내 조율보다는 이타도리 씨의 조율을 보는 게 좋을 거야."

시선을 내리깔고 담담히 말했다.

"그것도 감사하지만 저는……."

말하려다가 망설였다. 아키노 씨에게 실례되는 말이 아닐까.

"저는 콘서트 튜너를 꿈꾸는 것이 아니라 가정용 피아노를 잘 조율하고 싶습니다."

"응, 그러네. 우선은 거기서부터니까."

가볍게 고개를 끄덕인 아키노 씨가 목소리를 낮췄다.

"그래도 그걸로 되겠어? 그 애는 머지않아 콘서트에서 연주하게 될 텐데?"

그 애가 가즈네임을 깨닫는 데 3초가량 걸렸다. 가즈네는 머지 않아 콘서트에서 연주하게 된다……. 아키노 씨의 입에서 자연스럽게 나온 대사에 놀랐다. 귀가 좋은 아키노 씨가 가즈네를 인정해주어서 기뻤다.

"이타도리 씨는 일반 가정집에서도 조율을 하잖아. 그게 또 대단해."

"어떻게 대단한가요?"

"그걸 확인하러 가라는 거잖아."

내가 질문하자 아키노 씨가 짜증스럽게 대답했다.

"다시 태어나."

"누가요?"

"피아노가 전혀 다른 물체로 다시 태어난다고."

그렇게 말한 순간, 아키노 씨는 아주 이상한 표정을 지었다. 마치 지금부터 자기가 할 이야기의 의미를 본인도 모르는 것처럼 보였다.

"이타도리 씨한테 조율을 받으면 지금까지 있었던 피아노는 대체 뭐였나 싶어. 믿지 못할 정도로 좋은 소리가 나와. 갑자기 피아노가 좋아진 기분이 들어."

얼마나 행복할까. 그 얼마나 행복한 피아노인가. 그 피아노를 칠 사람도, 그런 조율을 한 조율사도 얼마나 행복할까.

"도무라, 피아노의 터치가 뭔지 알아? 건반의 가벼움이나 묵직함이라고 생각하지? 사실은 그렇게 단순하지 않아. 건반을 손가락으로 치면 연동해서 해머가 현을 치지. 그 감촉을 말해. 피아니스트는 건반을 울리는 것이 아니야. 현을 울리지. 자기 손끝이 해머와 이어져서 현을 울리는 감촉을 직접 느끼며 연주할 수도 있어. 그게 이타도리 씨가 조율한 피아노에서 느껴지는 터치야."

"대단해요. 피아노를 연주하는 사람이라면 모두 이타도리 씨에게 조율을 부탁하고 싶겠어요."

내 감탄을 아키노 씨는 무시했다.

"무시무시한 피아노야. 피아노가 많은 것을 가르쳐주거든."

무시무시한 피아노는 대단한 피아노를 말하는 아키노 씨 특유의 표현이라고 해석했다.

"많은 것이라니, 예를 들면 어떤 걸 가르쳐주나요?"

나는 솔직하게 한 질문이었는데 아키노 씨는 한참이나 시선을 내리깔았다.

"그 피아노를 치면 말이지, 피아니스트가 생각하는 모든 것이 음색으로 고스란히 나오고 말아. 바꿔 말하면 피아니스트 안에 없는 소리는 치지 못해. 피아니스트의 기량이 전부 나와버려."

아키노 씨가 그 어느 때보다 진지하게 나를 보았다.

"잘 알고 계시네요."

"맞아."

살짝 고개를 끄덕이더니 화가 난 것처럼 눈을 치켜떴다.

"나는 예전에 이타도리 씨에게 조율을 받은 적이 있어."

그 말을 끝으로 아키노 씨는 빼냈던 귀마개를 왼쪽 귀에 다시 꼈다. 더 말할 기분이 아니라는 뜻이다.

무시무시하다고 표현한 이타도리 씨의 조율. 분명, 정말로 무시무시한 피아노였을 것이다. 많은 것을 가르쳐줬으리라. 알기 싫다고 생각하는 것까지 전부 파헤쳐서.

아키노 씨가 피아니스트를 포기한 원인은 이타노리 씨가 조율한 피아노일지도 모른다. 혹시 아키노 씨는 이타도리 씨가 일부러 그랬다고 생각하고 있을까?

내가 동경심을 품거나 목표로 삼는 감정과 또 다른 기분으로 아키노 씨가 이타도리 씨를 바라보고 있다는 사실을 깨달았다.

사무소 책상에 앉아 튜닝 해머를 닦았다. 다음 조율하러 갈 시간까지 조금 짬이 났다.

"자."

기타가와 씨가 차를 책상에 놓아주었다.

"죄송해요, 고맙습니다."

"아니야, 아래에 고객이 와서 차를 냈는데 커피가 좋다고 해서. 모처럼 녹차가 맛있게 우려졌는데 아깝잖아. 커피는 인스턴트였거든."

그래서 접객용 찻잔인가 보다.

"잘 마실게요."

기타가와 씨는 내가 해머를 닦던 천을 접어 옆으로 치우는 모습을 가만히 바라보았다.

"도무라의 조율 도구는 언제 봐도 사용하기 편해 보여."

쟁반을 품에 안고 감탄했다.

"2년이 지났지?"

"네."

여기에 들어온 지도 이제 곧 3년 차가 된다. 더군다나 이 튜닝 해머는 이타도리 씨에게 받은 것이니 나보다 경력이 더 오래된 셈이다.

"네가 들어왔을 때, 산에서 태어나고 자랐다는 이야기를 듣고 왠지 이해가 갔어. 무사 무욕에 무미 무취하고 겉과 속이 다르지 않고, 좋거나 나쁘거나가 없고, 그늘이 없고 또 그렇다고 아주 밝지도 않았거든. 그래서 조율사로 우리 가게에서 어떻게 일을 해나갈지 이미지가 떠오르지 않았어. 집착이 없어 보였으니까."

집착이 없다는 점은 맞다. 고등학교에 입학하면서 처음 도시로 나왔을 때, 내가 그때까지 어떤 것에도 집착하지 않고 살아왔음을 알았다. 동갑인 동급생들은 다양한 것을 알고 있었고 각자 무언가에 집착하기도 했다. 나만 멍하니 있는 느낌이었다. 산에 있으면 손에 들어오는 정보나 지식에 한계가 있다. 도시와 달리 살아가려면 많은 수고가 드니까 사소한 일에 일일이 집착하지 못하는 부분도 있었다.

지금도 그다지 다르지 않다. 피아노의 소리 이외에는 딱히 집착하지 않는다.

"그래도 도무라. 지금도 아침에 다른 사람들의 책상까지 닦잖아? 그것도 대충하지 않고 아주 깨끗하게 닦고 있지. 나, 잘은 몰라도 산에서 사는 삶이란 이런 것이 아닐까 싶었어. 적당히 대충하면 위험하지 않을까? 완벽하게 방한 대책을 세우지 않으면 동사하고, 생활 전반을 제대로 챙기지 않으면 야생동물의 습격을 받는다거나 할 테니까."

"아니에요, 그 정도까지는."

"이거 봐, 도무라는 튜닝 해머를 늘 깨끗하게 닦아 놓잖아. 도구를 소중하게 다루지 않으면 막상 위험이 닥쳤을 때 쓰지 못해서 목숨이 위험해진다는 걸 뼈저리게 알고 있어서 그런다고 생각했어."

"곤란해 하잖아."

웃음을 참는 목소리가 들려 고개를 돌리니 아키노 씨가 있었다. 손수건으로 손을 닦으며 자기 자리로 돌아가는 중이었다.

"기타가와 씨, 이상해. 칭찬하는 방식이 이상하다고. 도무라, 완전히 당황한 것 같은데."

기타가와 씨는 입술을 살짝 삐죽이더니 목소리를 낮췄다.

"도무라, 보는 사람은 잘 지켜보고 있어. 너무 신경 쓰지 마."

그 말을 남기고 기타가와 씨는 쟁반을 들고 돌아갔다.

"뭐야? 뭘 신경 쓰지 말래?"

아키노 씨가 재미있다는 듯이 물었다. 내가 신경 쓰지 말라고 위로를 받을 일이라면 대체로 뻔하다.

"혹시 또 담당 교체?"

힘없이 고개를 끄덕였다. 특별히 실수한 기억이 없는데 또 고객이 담당을 변경해달라고 요청했다.

"어떻게 하면 좋을지 모르겠어요."

주저하며 어제 조율하러 갔던 일화를 털어놓았다.

"조율을 마치고 시험 연주를 해달라고 했을 때요, 고객이 이 소리가 절대로 좋은지 물었어요."

이제 곧 초등학교에 올라가는 손주가 피아노를 배우기 시작해서 오랫동안 내버려둔 피아노를 조율하기로 했다. 상태가 별로 좋지는 않았지만 내부를 청소하고 조율해서 음을 정돈했다.

"절대로 좋은 소리가 나는 피아노로 손주의 정서교육을 하고 싶다고요."

흐응. 아키노 씨가 작게 콧소리를 냈다.

"절대로 좋은 소리인지 질문을 받았을 때 그렇다고 대답할 수 없었어요."

절대로 좋은 소리는 존재하지 않는다. 절대적인 소리란 없다. 그래도 그렇다고 대답해도 괜찮았을 것이다. 대답하지 못한 이유는 이 소리를 절대로 좋은 소리라고 믿고 정서교육을 받을 손주의 심정을 헤아렸기 때문이었다.

"흥, 역시 멍청해, 도무라는."

아키노 씨가 즐거워하며 말했다.

"그럴 때는 그렇다고 대답하면 되잖아. 좋은 소리가 아닐 수도 있다고 의심하면서 피아노를 치면 싫을 테니까."

"그렇죠."

일단 인정했지만 그래도 고개를 저었다.

"좋은 소리라고 자기가 생각하면 되잖아요. 남에게 절대적인지 아닌지 정해달라는 건 좀 아닌 것 같아요."

후후. 아키노 씨가 또 작게 웃었다.

"성가셔, 너는."

"아아."

성가신가. 그래서 담당이 교체되나.

그야 절대로 좋은 소리라고 단언해주길 바랄 때도 있기는 할 것이다.

산에서 살았을 때, 마을 진료소에는 월요일과 목요일에만 의사가 왔다. 그 의사는 감기를 감기라고 진단해주었다. 이 정도면 절대로 괜찮다거나, 그 상태는 절대로 위험하다고 확실히 말해주었다. 산에서 나와 몇 번쯤 다녔던 도시 병원은 그렇게 말해주지 않았다. 병명 하나를 진단하더라도 그런 의혹이 있지만 단정할 수 없다고 말했다.

어느 쪽이 성실한 태도인지 따지자면, 다양한 가능성을 부정하지 않는 도시 병원일 것이다. 그러나 감기처럼 보이지만 일단 상태를 살피다가 안 좋아지면 다시 병원에 오라는 말을 들어도 산에서는 다음 진료까지 사흘이나 나흘이 걸린다. 그동안 불안해하기보다는 다소 강제적이라도 감기라고 말해주기를 원하는 것이다. 단정하지 않는 것이 정말로 환자를 위해서일까, 아니면 의사의 책임 회피일까, 의심을 했었다. 그때의 마음이 떠올랐다.

"그래서 뭐라고 대답했어?"

"절대로라는 단어를 사용해야 한다면 저는 절대로 이 소리가 좋다고 생각합니다. 이렇게 대답했어요."

흐음. 떨떠름한 맞장구 같기도, 한숨 같기도 한 소리가 들렸다.

"틀리지는 않았어. 거짓말도 하지 않았고."

아키노 씨가 고개를 갸웃거리며 말했다.

"최대한 성실하게 대답하려면 그렇게 대답하는 수밖에 없지. 하지만 그건 단순한 주관으로 들려."

어느 정도 신뢰 관계가 쌓이지 않으면 주관이든 객관이든 상대에게 통하지 않는다. 신뢰 관계를 어떻게 쌓아가면 되는지 나는 아직 모르겠다.

"말로 설명하지 않아도 될 만큼 좋은 소리로 조율할 수 있으면 되잖아."

아키노 씨가 태연하게 말했다.

"절대로인지 아닌지는 제쳐놓고 무조건 아름다운 소리를 만들 수 있으면 돼."

정론이다. 그렇지만 그 아름다운 소리를 어떻게 만들면 되는지 몰라서 고민이다.

"그리스 시대에는."

아키노 씨가 검지로 볼펜을 돌리며 말했다.

"학문이라고 하면 천문학과 음악이었대. 즉, 천문학과 음악을 연구하면 세계를 해석할 수 있다고. 그렇게 믿었다더라."

"네."

"음악은 근원이야, 도무라."

그리스 시대에는 천문학과 음악으로 세계가 이루어졌을까? 그렇다면 참 아름다운 세계처럼 들리는데 그리스 시대에 살던 사람들은 왠지 전쟁만 벌인 것 같은 인상이다.

"별자리가 전부 몇 개인지 알아?"

"아니요."

고개를 젓자 아키노 씨가 살짝 의기양양한 웃음을 지었다.

"여든여덟 개래, 별자리는."

그러고 보니 초등학교 과학 수업에서 별자리에 대해 배웠을 때, 이상하다고 생각한 적이 있다. 큼지막하게 보이는 별과 다른 별을 이어서 형태를 만들고 이름을 붙인다. 하지만 그 별과 별 사이에도 자잘한 모래처럼 별이 잔뜩 뿌려져서 빛나고 있다. 우리는 맨눈으로 그 별들을 또렷하게 볼 수 있다. 그 별들을 무시하고 억지로 형태를 만들 수는 없다. 무수한 모래알갱이 중에서 별자리를 겨우 여든여덟 개만 만들다니 너무 난폭하지 않은가?

이렇게 생각하면서도 대충은 이해했다. 천문학과 음악이 세계의 기초라는 설을 나는 믿고 싶다. 무수한 별 중에서 몇 개를 추출해 별자리로 삼는다. 조율도 비슷하다. 세계에 녹아 있는 아름다운 것을 건진다. 그 아름다움을 최대한 망가뜨리지 않고 조심히 꺼내 잘 보이도록 한다.

도, 레, 미, 파, 솔, 라, 시, 일곱 개의 음을, 엄밀히 따져 반음도 포함되니까 열두 개의 음을 추출해 이름을 붙이고 별자리처럼 빛나게 한다. 장대한 소리의 바닷속에서 그 음을 정확하게 건져내 아름답게 모아 빛나게 하는 것이 조율사의 일이다.

"어이, 도무라. 듣고 있어?"

아키노 씨가 어이없다는 듯이 턱을 괴고 책상 너머로 나를 보았다.

"별자리 수. 여든여덟 개는 피아노 건반 수와 같아."

"아아."

"그리스 시대 때 학문의 쌍벽을 이룬 천문학과 음악의 흔적인 것이지."

"잠깐만요, 아키노 씨."

기타가와 씨가 참지 못하겠다는 듯이 끼어들었다.

"터무니없는 말은 그쯤 해요. 도무라가 믿잖아요."

터무니없는 말이라고? 돌아보자 아키노 씨가 시선을 피하고 목을 움츠렸다.

어디서부터 터무니없는 말이었을까? 피아노의 역사는 전문학교에서 배웠다. 피아노의 원형인 악기는 쳄발로이다. 건반은 여든여덟 개가 아니었다. 무엇보다 그리스 시대에는 쳄발로의 원형조차 없었다. 지금부터 200년쯤 전, 베토벤 시대에 쳄발로에서 피아노로 바뀌기 시작했다고 한다. 그래도 아직 건반은 예순여덟 개

이거나 일흔세 개였다. 베토벤의 〈월광〉 악보에는 '쳄발로 혹은 피아노를 위해서'라는 표기가 있었다고 한다. 제1악장은 쳄발로를 위해 작곡했다고 하는데 제2악장은 쳄발로로 치기에는 무리가 따른다. 제1악장과 제2악장 사이에 베토벤이 주로 사용한 악기가 쳄발로에서 피아노로 변했을 것이라고 전해진다. 그리고 그 무렵에 이르러서야 건반이 간신히 여든여덟 개가 되었다고 한다.

별자리 수는 여든여덟 개가 맞기나 할까. 아니, 천문학과 음악이 최초의 학문이라는 말부터 터무니없는 이야기였을까. 진상이 무엇인지 모르겠지만 나는 수첩을 펼쳤다. 별자리 수, 건반 수, 여든여덟이라고 적는데 아키노 씨가 책상 너머에서 몸을 쭉 빼고 나를 들여다보았다.

"헤에, 아직도 노트를 잘 쓰고 있네."

대단하다는 듯이 보는 시선에 황급히 수첩을 덮었다.

"아, 죄송합니다."

부끄러웠다. 곧 3년 차가 되는데 아직도 초보적인 내용을 기록하다니, 너무 풋내기 같다.

"괜찮지, 뭐."

아키노 씨가 담담하게 말했다.

"나도 메모를 할 정도로 솔직했으면 좋았을 거야. 일을 처음 시작한 시기에는 중요한 것들을 많이 보고 듣잖아. 메모를 해두었다면 요령을 더 빨리 깨우쳤을 텐데. 귀찮았던 것은 아니고 착각했어. 기술은 몸으로 익히는 거니까 몸으로 기억해야 한다고 생각했지."

내가 덮은 수첩을 바라보며 아키노 씨가 말을 이었다.

"환상. 귀가 기억하고 손가락이 배운다는 건 환상이야. 여기야, 기억하는 건."

그렇게 말하며 아키노 씨는 검지로 자기 머리를 가리켰다.

나만 그랬던 것이 아니었다. 나도 기술은 몸으로 익힌다고 믿었다. 하지만 아무리 오랜 시간이 지나도 익히지 못해서, 그 이유는 몸이 음악적이지 않은 탓이라고 생각하며 몸으로 익힌다는 것 자체를 반쯤 포기했다. 그 대신 낙담하는 시간도 아까워서 계속 메모했다.

그런데 이것도 꽤 어렵다. 조율 감각을 문장으로 표현하기란 쉽지 않다. 적절한 글로 메모할 수 있게 될 때가 되면 실력도 상당히 좋아졌을 것이다.

"적어두는 것만으로는 안 돼. 암기해야지. 역사의 연호를 외우는 것처럼. 그러다 보면 차츰 흐름이 보여."

아키노 씨가 말했다. 물론 말로 조율의 전부를 표현할 수는 없다. 100분의 1도, 1000분의 1도 표현하지 못한다. 알고 있기에 말에 기대지 않는다. 그렇지만 조율 기술을 말로 바꾸는 작업은 흘러가버리는 음악을 붙들려는 작업이다. 내 몸에 익히고 싶은 기술을 표본용 곤충침으로 하나하나 꽂아두는 것이다.

"어라, 다들 모여서 뭐해?"

야나기 씨가 활기차게 들어왔다.

"아무것도 안 했어. 날씨가 좋다는 이야기나 했지."

아키노 씨가 퉁명스럽게 대꾸했다.

"아아, 정말 날이 좋아요."

야나기 씨가 대답했다.

"비가 억수같이 쏟아져서 조율이 단숨에 어긋날 것처럼 좋은 날씨요……. 아."

아, 라는 외침에 모두가 반응해 야나기 씨를 보았다.

"맞아. 알려드릴 소식이 있어요."

야나기 씨가 가볍게 헛기침을 했다.

"에헴, 곧 결혼합니다."

"정말? 이번에야말로?"

"네, 이번에야말로."

싱글벙글 웃고 있다. 결혼한다고 말만 하면서 시간이 제법 지났다. 진행 중인 중요한 일을 마무리할 때까지 기다린다고 했었다. 하마노 씨는 번역을 한다고 들었는데, 마침내 그 책이 출판되었나 보다.

"축하해."

"축하합니다."

"고맙습니다, 고마워."

야나기 씨는 얼굴 가득 웃음꽃을 피우고 기쁨을 감추려고 하지 않았다.

결혼이 그렇게 경사스러운 일인지는 모르겠지만, 기뻐하는 야나기 씨를 보니까 좋았다. 행복하시라는 말이 떠오르지 않아서 축하한다고 말한 다음에는 그저 묵묵히 야나기 씨를 바라보고만 있었다.

조율 도구를 들고 밖으로 나왔다. 뺨을 에어낼 듯이 차가웠던 바람이 제법 따뜻해졌다. 새파랬던 하늘도 조금 흐릿해졌다. 곧 봄이 온다.

주차장으로 나왔는데 야나기 씨가 돌아오는 참이었다.

"슬슬 타이어를 교체해야겠어."

"아직 눈이 더 내릴 거예요."

"그렇겠지."

야나기 씨가 하늘을 보았다.

"맞다."

갑자기 야나기 씨가 나를 보더니 손짓해 불러서 가게 출입구를 지나 안으로 들어갔다.

"5월 두 번째 일요일, 비워둬."

"네."

"그날, 결혼식 후에 레스토랑에서 결혼식 피로연을 열기로 했거든."

"축하드려요."

"오오, 고마워."

야나기 씨는 조금 쑥스러워했다.

"결혼식은 처음이에요."

"하긴, 도무라는 아직 어리니까 주변에 결혼한 사람이 없겠네? 뭐, 그냥 피로연이니까 부담 갖지 마."

앞으로 몇 년이 지나도 결혼식 피로연에 나를 불러줄 사람이 떠오르지 않았다. 나를 불러줄 사람은 아마 남동생 정도겠지.

"그건 그렇고 지금 잠깐 괜찮아?"

괜찮다고 하고 묵직한 가방을 바닥에 내려놓았다. 조금 일찍 나와서 여유가 있었다.

"피로연에서 뭔가 하고 싶거든."

"네."

"밴드 동료들도 불렀으니까 그쪽도 생각하긴 했는데, 아무래도 결혼식 피로연에 펑크는 아니잖아. 그래서 피아노를 부탁하기로 했어."

"좋네요."

"피아노가 있는 레스토랑을 몇 군데 찾았어. 좋은 피아노는 있는데 요리는 보통인 가게랑 요리는 아주 맛있는데 피아노가 보통인 가게. 자, 어느 쪽을 고를래?"

"좋은 피아노가 있는 가게요."

"그렇지."

야나기 씨가 조율 도구가 든 가방을 내려다보았다.

"그런데 그 녀석은 망설이지도 않고 요리가 맛있는 쪽을 고르더라고."

"아아."

조금 의외였다. 하마노 씨라면 피아노를 선택할 것 같았는데.

"요리는 맡길 수밖에 없지만 피아노는 야나기가 어떻게든 할 수 있을 거라면서."

"헤에."

"헤에가 아니야. 신랑은 생각보다 바쁘다고. 내가 신랑이 아니라면 분발해서 열심히 하겠지. 하지만 이래 보여도 바쁘단 말이야. 응, 어쨌든."

245

야나기 씨가 나를 정면으로 응시했다.

"좋은 피아니스트를 찾아뒀어."

"그거 잘됐네요."

"내 일이 일인 만큼 귀가 좋은 하객들도 올 거야. 귀가 좋지 않고 피아노를 들은 적이 없어도 멋진 피아노 연주를 들으면서 식사를 하다니, 경사스러운 자리에 잘 어울리잖아?"

기뻐 보여서 나도 덩달아 신이 났다.

"조율은 도무라에게 부탁하고 싶어."

믿을 수 없는 말에 목소리가 갈라졌다.

"예? 아니, 그런 거면 다른 사람한테."

아키노 씨가 좋겠다, 물론 이타도리 씨라면 말할 것도 없다.

"괜찮겠어, 그래도?"

괜찮다고 대답하려다가 일이 아닌 이런 상황이라면 후배인 내가 맡아야 한다는 생각이 들어 잠깐 망설였다. 그래도 경사스러운 날이다. 나보다 실력이 뛰어난 사람이 조율하는 편이 낫다.

"피아노는 가즈네가 칠 거야."

"엑?"

놀랐지만 분명히 좋은 생각이다. 가즈네가 연주하는 피아노를 들으며 밥을 먹는다니, 최고로 기분 좋은 파티가 될 것이다.

"조율하고 싶지?"

야나기 씨가 싱글싱글 웃었다.

"하지만, 역시……."

역시 나보다 뛰어난 사람이 조율해야 한다고 말하려는데, 지금까지 생각해본 적도 없는 감정이 솟구쳐서 억누를 수 없었다.

"하겠습니다."

선언하고 말았다. 스스로도 놀랄 정도로 또렷한 목소리였다.

"제가 하게 해주세요."

고개를 숙이자 야나기 씨가 즐겁게 고개를 끄덕였다.

저녁에 사무소로 돌아오자, 책상에 메모가 붙어 있었다.

'내일 기무라 씨, 취소'

취소? 불길한 예감이 들었다. 전화를 받았을 기타가와 씨에게 가서 확인했다.

"이거, 연기가 아니라 취소인가요?"

"응."

기타가와 씨가 안쓰럽다는 표정을 지었다.

"혹시 또 담당 교체인가요?"

"아니."

점점 더 안타까움이 어리는 표정을 보고 확신했다.

"이제 우리에게 조율을 부탁하지 않는다는 거군요."

"그런 말까지는 안 했지만."

"죄송합니다."

고개를 숙이자 사무소 안의 모두가 주목하는 것이 느껴졌다.

"네가 사과할 일이 아니야. 네가 싫어서 다른 곳으로 바꾸는 것이 아니니까. 단순히 이제 피아노를 치지 않겠다는 건지도 모르잖아."

그렇다면 그렇게 말했을 것이다.

"어쨌든 도무라는 잘못하지 않았어. 지금은 어디든 힘들어. 취미로 치는 피아노를 매년 조율할 여유가 있는 집도 드물고."

마치 정말로 내 잘못이 아닌 것처럼 들렸다. 하지만 그럴 리 없다. 적어도 내 조율이 마음에 들었다면 취소하지 않았을 것이다.

최대한 얼굴에 드러내지 않으려고 조심하며 자리로 돌아왔다. 그래도 한숨이 나올 것만 같았다. 역시 나는 그렇게 형편없나. 문득 고개를 들자, 아키노 씨가 슬쩍 시선을 피했다.

"조율사에게 제일 중요한 게 뭘까요?"

과감하게 물었다. 아키노 씨는 시선을 피하고 대답했다.

"튜닝 해머."

"아니, 그런 얘기가 아니라."

되묻는데 옆에서 대답이 들렸다.

"끈기."

야나기 씨였다.

"그리고 배짱."

아키노 씨도 퉁명스럽게 대답했다.

"포기."

차례차례 다양한 대답이 나왔다. 재능이나 소질 같은 듣기 싫은 대답이 나오지 않아서, 지금 나는 울고 싶을 정도로 고마웠다.

"끈기는 왠지 알 것 같아요."

기타가와 씨가 웃었다.

배짱도 알겠다. 내 실력에 따라 피아노가 달라진다. 배짱이 없으면 도저히 못 할 일이다.

"그런데 포기는 뭐죠?"

일제히 아키노 씨를 보았다.

"거참. 뭔가 오해한 모양인데."

아키노 씨가 떫은 표정을 지었다.

"아무리 해도 완벽함에 도달하지는 못해. 어느 지점에서 과감히 결심하고 이걸로 끝, 마지막이라고 포기해야 한다는 뜻이야."

"포기하지 못하면 어떻게 되나요?"

내가 하고 싶었던 질문을 야나기 씨가 해주었다.

"영원히 포기하지 못한다면 언젠가 미치지 않을까."

아키노 씨가 시원시원하게 대답했다. 모두 입을 다물고 있는 것은 동의한다는 뜻일까. 완벽을 추구하다가 영원히 포기하지 못한다면 미쳐버린다. 아키노 씨는 한순간이라도 그런 위험을 느껴봤을까.

"전에도 이런 이야기가 나왔었지."

야나기 씨가 말했다.

"왜 도무라는 담당에서 자주 교체되거나 취소되는지."

"도무라가 특별히 잘못했을 리는 없죠. 그래서 1만 시간이라는 숫자 얘기를 했고요."

"1만 시간의 법칙 같은 것을 진지하게 받아들이는 사람은 없겠지만."

역시 그렇구나. 내가 아직 어린 탓에 신뢰를 받지 못한다는 가설은 역시 위로였나 보다.

"1만 시간을 넘지 않아도 하는 사람은 해. 1만 시간을 넘어도 못 하는 사람은 역시 못하고."

"앗, 그렇게 노골적으로."

야나기 씨가 천장을 올려다보았다.

"말로 표현하지 않을 뿐이지 다들 알잖아. 그렇지만 재능이나 소질에 대해서는 생각하지 마. 생각해도 어쩔 수 없으니까."

한 호흡을 내쉬고 아키노 씨가 말했다.

"그저 할 일을 할 뿐이야."

소름이 끼쳤다. 아키노 씨 역시 그런가.

"재능이 없어도 살아갈 수 있어. 그래도 속으로 믿는 거야. 1만 시간을 넘어도 보이지 않았던 무언가가 2만 시간을 투자하면 보일지도 모른다고. 빨리 보이는 것보다 높고 크게 보이는 게 더 중요하지 않을까."

그렇다고 대답하려던 목소리가 갈라졌다. 간단히 수긍하고 싶지 않았다. 정말로 이해했는지 물어보면 자신이 없었다. 그래도 진실이라고 생각한다. 재능이 있어서 살아가는 것이 아니다. 그런 것은 있어도 없어도 살아간다. 있는지 없는지 모를 그런 것에 휘둘리기 싫다. 좀 더 확실한 무언가를 이 손으로 더듬어 찾아가는 수밖에 없다.

"지금 돌아왔습니다."

정중한 목소리와 함께 이타도리 씨가 사무소로 돌아왔다. 내가 입을 열기 전에 야나기 씨가 물었다.

"이타도리 씨, 조율사에게 가장 중요한 것이 무엇이라고 생각하세요?"

이타도리 씨는 조율 가방을 바닥에 내려놓으며 차분하게 대답했다.

"고객일까요."

콘서트홀에서 들었던 이타도리 씨의 색깔 없는 피아노 음색이 귓가에서 재생되었다. 그때, 거장의 연주는 이타도리 씨가 조율한 음색으로 만들어졌다. 그래도 그 음색을 피아노에서, 이타도리 씨에게서, 끌어낸 사람은 피아니스트, 즉 이타도리 씨의 고객이라는 뜻일까?

나는 어떨까. 내 고객. 이 사람의 얼굴, 그 사람의 얼굴. 웃으며 고개를 끄덕여준 얼굴, 언짢아하며 입을 앙다문 얼굴. 이름이 바로 떠오르지 않는 고객의 얼굴도 차례차례 떠올랐다. 그렇다, 나를 가르쳐준 것은 다름 아닌 고객이다. 머릿속에 가즈네의 성실한 얼굴이 떠올랐다. 그 얼굴은 곧 환하게 웃음을 지었다.

피로연 회장인 레스토랑에 하루 일찍 조율하러 갔다. 분위기가 좋은 곳이었다. 조용한 홀 구석에 그랜드피아노가 있었다.

피아노는 그냥 그렇다고 들었는데, 내 예상보다 좋은 피아노였다. 야나기 씨는 피아노와 요리를 저울질해서 요리를 우선시했다고 했다. 그렇다면 피아노를 갖춘 레스토랑이라면 표준 장비가 다 이 수준일까? 만약 이런 피아노가 보통이라면 기쁘다. 내 생각이상으로 많은 사람이 피아노를 즐긴다는 뜻이니까.

흥분되는 기분을 자제하며 피아노 뚜껑을 열었다. 건반을 본 순간, 위화감을 느꼈다. 허리를 숙여 건반에 얼굴을 가까이 대고 살폈다. 미묘하게 높이가 맞지 않았다. 0.5밀리미터 정도, 높낮이에 차이가 있었다. 건반을 몇 개 쳐보았다. 역시. 소리가 잘 나지 않았다.

비유하면 줄넘기를 못하는 아이가 줄만 괜히 부웅부웅 크게 돌릴 때 나는 소리 같았다. 세 번쯤 넘으면 엉덩방아를 찧을 것처럼 건반이 둔했다. 가즈네의 연주를 상상했다. 가즈네는 이 피아노 앞에 앉아 분명 최선을 다해 연주할 것이다. 교복 차림의 가즈네를 떠올렸다. 아니지, 결혼 피로연에 교복을 입고 올까? 그러지 않겠지만 교복이 아닌 옷을 입은 가즈네가 떠오르지 않았다. 일단 교복을 입고 연주하는 모습을 상상했다. 반듯한 자세로 천천히 건반에 손가락을 올린다. 피아노가 울린다. 그 순간을 상상했다. 맑디맑은 샘과 같은 소리가 귀에 흘렀다.

눈앞의 피아노를 울렸다. 다르다. 이것은 가즈네의 피아노가 아니다. 가즈네에게 이런 피아노를 연주하게 할 수는 없다. 가즈네가 연주한다는 설정으로 조율을 시작했다.

피아노 뚜껑을 열어 버팀목으로 지탱했다. 튜닝 핀이 정연하게 나란히 있는 모습은 언제 봐도 감동적이다. 마치 숲처럼 보인다. 1초 동안 수천 미터나 소리가 달리는 가문비나무 울림판. 이것으로 가즈네의 소리를 만들어간다. 숲에 들어온 가즈네가 편하게 걸을 수 있게 잡초를 정성껏 베는 것처럼 소리를 정돈한다.

먼저 건반 높이 조절부터 시작했다. 건반 안에 연결된 클로스 펀칭(건반프레임 내부의 핀에 끼워 건반이 움직일 때 쿠션 역할을 해주는 펠트로 아래에 얇은 종이 펀칭을 끼워 건반의 높낮이를 조정한다—옮긴이)이 마모되었다. 아주 얇은 종이를 끼워 높이를 조절했다. 건반의 가동 범위는 10밀리미터다. 0.5밀리미터라도 달라지면 연주하기 힘들어진다.

높이 다음은 깊이다. 하나하나 치면서 해머가 현에 닿는 위치를 확인했다.

그런 뒤에야 조율을 시작했다. 전에 야나기 씨에게 이런 말을 들었다. 눈을 감고 소리를 정하라는. 그 말은 비유가 아니었다. 눈을 감고 귀를 기울여 소리의 이미지가 떠오르면 정확하게 포착해 튜닝 핀을 돌린다.

피아노 앞에 있는 동안에는 시간의 흐름 밖에 있다. 신경을 곤두세우기 때문에 피로도 느끼지 않는다. 어느 정도 조율을 마치고 정신을 차리자 네 시간 가까이 지나 있었다. 피아노는 제법 좋아졌다. 줄넘기를 한다면 이단 뛰기도 가볍게 할 수 있을 것 같은 느낌이다. 휙휙휙, 리듬감 있게 줄을 돌려서 얼마든지 뛸 수 있게, 유연한 소리로 바뀌었다.

가즈네의 리허설은 당일 이른 아침에 하기로 했다. 만약에 미흡한 점이 있으면 수정할 여유 시간을 확보할 수 있다. 이쪽 사정에 맞춰달라는 부탁에 가즈네도, 가게도 흔쾌히 승낙해주었다.

"가능하면 빨리 손에 익히고 싶었어요. 고맙습니다."

가즈네가 말했다.

"집 피아노도 학교 피아노도 발표회나 콩쿠르 피아노도 다 개성이 있어서 다르거든요."

천 가방에서 악보를 꺼내며 가즈네가 설명했다. 가즈네 옆에서 유니가 고개를 끄덕였다.

"우리 집 피아노가 제일 연주하기 편하다고 생각했는데 발표회 때 홀 피아노를 쳐보고 이렇게 좋은 소리가 나는구나 싶어서 놀랐어요."

분명 이타도리 씨가 조율한 피아노였을 것이다. 확신했다.

"응, 소리도 좋고 연주하기도 편했어. 그래도 유니는 어디서든 잘 치면서."

가즈네의 지적을 받은 유니가 웃었다.

"잘 치는 것처럼 보일 뿐이지. 네가 그렇게 바랐으니까 그렇게 보인 거야."

놀란 표정을 짓는 가즈네를 보며 유니가 이어서 말했다.

"가즈네는 할 수 없는데 나는 할 수 있다고 생각했었지?"

가즈네가 말문이 막혀 머뭇거리는 사이, 유니는 의자에 앉아 피아노 건반 뚜껑을 열었다. 망설이지 않고 건반을 두드렸다.

그때 쌍둥이가 보인 반응을 나는 잊지 못할 것이다. 둘은 무의식적으로 얼굴을 마주했다.

"좋은 소리다."

뒤를 돌아본 유니의 눈이 반짝였다.

가즈네도 동의했다.

"좋은 소리야."

웃고 있다. 다행이다. 안심했다. 나는 쌍둥이를 잘 모른다. 피아노를 연주하지 못하게 된 유니가 피아노 앞에 앉아 건반을 쳐서 흠칫했다. 가즈네에게 무슨 말을 할지 조마조마했다. 유니가, 가즈네가, 지금 어떤 기분일지 읽어낼 수 없었다.

"가즈네도 할 수 있어."

유니의 목소리는 맑았다.

"가즈네는 어디에서든 잘 칠 거야."

유니가 일어나 가즈네에게 자리를 양보했다. 쌍둥이의 자리 교체는 아주 자연스러웠다. 가즈네는 보면대에 악보를 올리고 의자에 앉았다. 유니가 했던 것처럼 손가락으로 건반을 두드렸다. 기준 음인 라가 분명한데, 소리가 뻗는 방향에 경치가 활짝 열렸다. 은색의 맑은 숲으로 길이 쭉 뻗어 있는 소리. 숲 저 안쪽에서 어린 사슴이 폴짝폴짝 뛰는 모습이 보인 것만 같았다.

"투명한 물방울 같은 소리예요."

유니가 기뻐하며 나를 바라보았다. 고개를 끄덕이면서 사람에 따라 소리에서 연상하는 이미지가 다르다고 새삼 생각했다.

"이 음을 기준으로 전체 음색을 만들었습니다."

내가 말하자 가즈네가 고개를 끄덕였다.

양손을 일단 무릎 위에 내려놓고 다시 손을 들어 천천히 곡을 연주하기 시작했다. 지극히 자연스럽게 시작해서 긴장할 새가 없었다. 이 근처에 떠다니는 음악을 살포시 붙잡아 피아노로 보여주는 것 같았다. 절대 무리하지 않는 자연스러운 손의 움직임. 가즈네가 연주하면 뭐든지 다 자연스럽게 보인다. 피아노란, 음악이란 어쩌면 자연 그 자체가 아닐까.

느리게 시작해서 중반부터는 데굴데굴 밝은 구슬이 구르는 것처럼 경쾌해지는 곡이었다. 소리가 쭉쭉 뻗는다. 불협화음도 없다. 몇 가지 음이 섞였을 때도 균형이 잘 잡혔다. ……하나하나 확인하고 있는 자신을 깨달았다. 그렇다, 연주자가 치는 피아노의 조율사인 이상, 눈앞에서 가즈네가 피아노를 연주해도 순수하게 즐기지 못한다.

"집에서 연습할 때랑 전혀 달라."

유니가 흥분했다.

"와, 이럴 수 있구나. 이렇게 달라지는구나."

뺨을 붉히고 나를 돌아보았다.

"대단해요, 도무라 씨. 저도 얼른 조율 공부를 하고 싶어요. 도무라 씨의 조수가 되고 싶어요."

"엑?"

괴상한 소리가 나왔다. 이 아이는 지금 말도 안 되는 착각을 하고 있다.

"대단한 건 제가 아니라 가즈네 씨입니다."

첫 시험 연주로 음색을 확인하고 벌써 피아노를 자신의 것으로 만들고 있다. 유니 말대로 피아노에 맞춰 연주법을 바꾸고 있다.

"아니에요, 이 피아노의 음색이 가즈네를 이끌어주고 있어요. 가즈네는 거기에 올라타서 즐겁게, 처음 보는 소리를 만들어내고 있어요."

그때, 레스토랑 직원 중 한 명이 홀로 들어왔다.

"회장 준비를 시작해도 될까요? 피아노는 계속 연주하셔도 괜찮습니다."

"네, 부탁합니다."

일찌감치 오기를 잘했다. 최소한 한 곡만이라도 차분하게 음색을 확인하며 연주할 수 있어서 다행이었다.

직원이 몇 명 들어와 테이블 위치를 바꾸기 시작했다. 가즈네는 동요하지 않고, 신경도 쓰지 않고 연주했다.

"야나기 씨가 선곡도 맡겨주셨어요."

유니가 속삭였다.

"결혼식 피로연에 어울리는 곡을 찾느라 둘이 얼마나 고민했는지 몰라요."

"좋은 선택 같습니다."

내 대답을 듣고 유니는 고개를 끄덕였다. 두 번째 곡도 바로크 조調의 밝고 부드러운 곡이었다. 발표회도 콩쿠르도 아닌, 야나기 씨의 결혼식 피로연에 화려함을 더해주는 피아노였다. 부드럽고 기분 좋은 곡이 피아노의 음색과 잘 어울렸다. 시험 연주를 듣고 괜찮다고 생각한 바로 그 순간이었다. 어라? 피아노를 보고 이어서 가즈네를 보았다. 가즈네는 차분한 표정으로 연주를 계속하고 있었다. 그 너머에서 직원이 테이블에 까는 연분홍색 테이블보를 펼쳤다. 피아노도 가즈네도 조금 전과 다르지 않았다.

그런데 이상했다. 소리가 조금 달라졌다. 어디엔가 소리가 막혀서 강렬함이 부족했다.

"잠깐, 죄송합니다."

뒤에서 들린 목소리에 돌아보니, 다른 직원이 테이블보를 안고 내 옆을 지나치는 참이었다. 피아노에서 조금 떨어진 곳에 섰다. 점점 정신이 없어지기 시작했다. 가즈네는 동요하지 않고 연주하는 것처럼 보였다. 그런데 뭔가 다르다.

가게가 분주해져서 그러는 것일까? 소리가 잘 뻗지 않았다. 자잘한 소리 알갱이가 멀리 닿기 전에 부슬부슬 떨어져 바닥에 흩어져버리는 것처럼 느껴졌다.

가즈네의 상태가 어떤지 보려고 다가가다가 걸음을 멈췄다. 가즈네의 연주법이 달라진 것이 아니었다. 피아노 소리가 달라졌다. 똑같이 치는데 소리가 튀지 않는다. 소리가 제대로 뻗지 못한다. 게다가 피아노에 가까워질수록 소리가 또 달라졌다.

"미안해요, 잠깐만."

곡이 끝나기를 기다려 말을 걸자, 가즈네가 손을 무릎 위에 모으고 고개를 돌렸다.

"처음과 연주법을 바꿨나요?"

물어보자 고개를 저었다.

"소리가 달라진 것 같지 않았어요?"

가즈네가 살짝 고개를 끄덕였다.

"갑자기 노래가 줄어들었어요."

가즈네가 고개를 쭉 돌려서 무심코 그 시선을 따라 돌아보았다. 홀 저쪽에 유니가 있었다. 유니는 오른손으로 천장을 가리키

260

고 있었다. 내가 천장을 올려다보는 것과 동시에 가즈네가 피아노를 치기 시작했다. 처음 쳤던 그 곡이다. 유니는 천장을 가리킨 것이 아니라 첫 번째 곡을 한 번 더 쳐보라고 지시한 모양이다. 밝고 다정하고 가벼운 곡.

역시 또렷하지 않았다. 가즈네에게 시선을 고정한 채로 피아노 곁을 떠나 가장 앞 테이블까지 조금씩 물러났다. 직원들 사이를 지나 더 안쪽 테이블로, 그 옆으로. 일하는 직원에 닿거나 펼친 테이블보에 흡수되어 소리가 방황하고 있다. 교란된다. 피부로 느껴졌다. 쌍둥이의 방에서 두꺼운 천 커튼에 소리가 흡수되는 것이 아깝다고 생각했던 기억이 떠올랐다.

멍청했다. 환경을 하나도 고려하지 않았다. 가정집 피아노만 다뤘던 미숙함이 드러났다. 후회하고 있을 상황이 아니었다. 반성할 여유도 없었다. 소리를 다시 만들어야 한다. 아니, 새롭게 만드는 것은 무리다. 테이블보가 깔렸고, 지금부터 많은 하객이 들어올 테니 소리가 반사되고 흡수될 것이다. 요리를 운반하려고 직원들이 반복해서 출입할 것이다. 나이프와 포크가 접시에 부딪히며 짤그랑거리는 소리, 신랑과 신부가 추억을 말하는 목소리, 그 전부를 염두에 두고 조정해야 한다.

제시간에 맞출 수 있을까. 맞춰야만 한다.

"가즈네 씨, 미안. 잠깐 조정을 하고 싶어요."

가즈네가 얌전히 고개를 끄덕였다.

"가즈네라면 괜찮아요. 어디서든 잘 칠 수 있으니까."

유니가 장난스럽게 웃었다. 이렇게 마음을 쓰게 하는 내가 한심했다.

"죄송합니다."

고개를 숙이다가 전에도 이렇게 쌍둥이 앞에서 고개를 숙였던 것을 떠올렸다. 신출내기였을 때, 혼자 조율해보려고 손을 댔다가 피아노를 엉망으로 망쳤었다. 그때와 전혀 달라지지 않았다. 약간의 기술과 약간의 경험, 그리고 반드시 어떻게든 하겠다는 각오가 늘었을 뿐이다.

"조금 시간이 걸릴지도 모르니까 쉬었다 오세요."

다시 한 번 사과했다. 얼마나 시간이 걸릴까, 시간을 투자하면 조정할 수 있기는 할까, 전망이 불확실했다.

"도무라 씨."

유니가 명랑한 목소리로 말을 걸었다.

"괜찮아요. 저희는 저쪽에 앉아 있을 테니까 저기까지 옮겨주세요."

옮긴다는 의미를 이해하지 못해 멍청한 표정을 지었다. 유니는 저 안쪽 자리로 걸어가며 다시 설명했다.

"그러니까 여기까지 소리가 달려오면 될 거예요. 지금 그 소리

그대로. 아아, 달리는 건 좀 아닌가. 으음, 소리를 여기로 날려주시면 돼요!"

어떻게든 표현하려고 말을 찾는 유니를 보니 저절로 웃음이 나왔다.

"고맙습니다."

옮긴다, 달린다, 날린다. 유니가 표현하려는 피아노의 상태를 알고 있다. 그 상태를 어떻게 실현하는지가 문제이다.

지금 이 소리를 그대로 옮기고, 달리게 하고, 날리면 된다. 머릿속에서 상상했다. 어렴풋한 단어가 형태를 이루었다. 밝힌다. 높이 들어 빛을 비추면 된다. 별자리이다. 오늘 밤에 보이는 별자리라면 작은곰자리. 큰곰자리. 사자자리. 어디에서 보든 별자리는 똑같은 형태로 하늘을 밝힐 것이다.

"밝고 조용하고 맑고 그리운 문체."

조용히 중얼거리며 새까만 피아노 앞에 섰다.

"조금은 응석을 부리는 것 같으면서 엄격하고 깊은 것을 담고 있는 문체."

이 말이 내 별자리이다. 언제나 숲 위에 있는 그것을 목표로 하면 된다.

"꿈처럼 아름답지만 현실처럼 분명한 문체."

나의 별자리. 이곳에서 연주할 가즈네에게도, 먼 곳에 있는 유니에게도 빛이 도달하도록. 페달 깊이를 조정했다. 가즈네가 밟았을 때 원하는 대로 울릴 수 있도록. 이 홀의 구석구석까지 소리가 퍼지도록. 그리고 다리 아래 캐스터의 방향. 콘서트에서 이타도리 씨는 이 방향을 바꿔 소리를 조정했다. 그때는 그저 감탄하며 지켜봤다. 지금이라면 안다. 다리가 전부 안쪽을 향하는 지금, 피아노의 중심이 어디인지를. 다리 방향을 바깥쪽으로 바꾸면 피아노 상판이 살짝 휘면서 중심이 변해 소리가 퍼지는 방식이 달라진다는 것을.

가즈네의 피아노 음색이 가장 아름답게 울릴 수 있도록 나는 까치들을 높이 날렸다.

연두색 드레스를 입은 가즈네가 피아노를 부드럽게 연주하기 시작했다. 장엄함보다는 상쾌함이 앞서서 처음에는 무슨 곡인지 몰랐다. 결혼행진곡. 행복한 두 사람에게 지인들이 보내는 축복의 곡. 가즈네는 장식음표를 차분하게, 마치 주선율처럼 연주했다. 꿈처럼 아름답고 현실처럼 분명하다. 신랑 신부가 박수 소리와 함께 환하게 웃으며 입장했다. 테이블 사이를 지나면서 이쪽을 보고 부끄러운 듯 인사했다. 신부 하마노 씨는 반짝반짝 빛났다. 여기저기 테이블에 인사하며 걸었다.

"결혼식은 좋네요."

나도 모르게 옆에 앉은 아키노 씨에게 속삭였다.

"도무라, 생각보다 배짱이 두둑하다."

꾸며낸 웃음을 지으며 아키노 씨는 이렇게 말했다.

"내가 조율한 피아노를 피아니스트가 치고 있다면 나는 내내 긴장해서 그런 말을 할 여유도 없을 거야."

그 말을 듣고서야 깨달았다. 나는 전혀 긴장하지 않았다. 가즈네도 긴장하지 않았다. 가볍고 밝은 소리가 이어졌다. 콘서트와 다르다. 피아노와 피아니스트, 조율사가 주역이 아니라 야나기 씨와 하마노 씨의 결혼식 피로연이다. 피아노가 탄생했을 무렵, 피아노가 연주되던 살롱은 이런 분위기가 아니었을까.

"그래도 왠지 즐거워요."

내 말에 아키노 씨는 입을 꾹 다물더니, 이어 떨떠름하게 대답했다.

"그러게."

그러더니 불쑥 덧붙였다.

"피아노, 좋은데?"

그렇다고 대답하면서, 건너편 자리에 앉은 유니가 생글생글 웃으며 눈물을 글썽이는 모습을 바라보았다. 어떤 눈물인지는 모르겠다. 가즈네를 지켜보는 유니도, 유니가 지켜보는 가즈네도, 나는 어떤 기분일지 모른다. 그저 웃고 울면서 피아노 곁에 있는 쌍둥이를 눈부시게 바라볼 뿐이다.

"처음으로 칭찬을 받았어요."

그렇게 말하며 옆을 보았다. 아키노 씨는 이제 시치미를 뚝 떼고 있었다.

아키노 씨가 처음으로 해준 칭찬이었다. 좋다고 한 것이 조율인지 가즈네의 피아노인지 모르겠지만, 어느 쪽이든 좋다. 어느 한쪽만 좋지는 않을 테니까.

"가즈네의 피아노, 좋아요."

유니가 울먹이며 말했다.

"축하하고 있어요. 야나기 씨의 결혼을 축하한다고 말하고 있어요. 그렇게 들려요."

축하한다라. 그럴지도 모른다. 그보다 조금 더 부드러운 느낌도 든다. 그저 부드럽고 아름답고, 자칫했다가는 눈물이 날 정도로 가슴을 절절히 울렸다.

힘주어 고개를 끄덕이고 대답했다.

"가즈네 씨는 절대로 훌륭한 피아니스트가 될 겁니다."

음악을 잘 몰라도 매료된다. 들을 생각이 없는데, 귀 기울여 듣지 않는데, 무심코 고개를 들게 된다. 가즈네의 피아노는 그런 피아노이다. 아주 자연스럽게 그저 한 음을 쳤을 뿐인데 기쁨과 슬픔을 표현할 수 있다. 화려하지 않고 차분하게, 그러나 입자가 워낙 잘아서 가슴에 쑤욱 스며든다. 사라지지 않고 영원히 가슴에 남는다. 가슴 안 어딘가에서 똑똑 노크한다.

가즈네가 연주하는 곡이 눈앞까지 풍경을 데려와주었다. 아침 이슬에 젖은 나무들 사이로 빛이 드리웠다. 잎사귀에서 물방울이 반짝이며 떨어졌다. 몇 번이나 그랬다. 아침. 갓 태어난 생생함과 우아함.

정말이다. 축하하고 있다.

내게도 들렸다. 축복하는 목소리. 가즈네의 피아노는 생생함을 향한 축복이다.

"절대로라고 말했어."

"네?"

"소리에 절대는 없다고 했으면서 지금은 가즈네가 절대로 훌륭한 피아니스트가 될 거라고 했잖아."

아키노 씨가 속삭이며 덧붙였다.

"뭐, 나도 그렇게 생각하지만."

내가 조율한 피아노가 좋은 소리를 내면 기쁘다. 그래도 내가 조율한 소리보다 훨씬 더 좋은 소리를 만드는 조율사가 있다면 그 사람에게 맡기는 편이 낫다고 생각했다. 악기를 위해서도, 연주하는 사람을 위해서도, 듣는 사람을 위해서도.

하지만 지금은 조금 다르다. 내가 가즈네의 피아노를 조율하고 싶다. 내가 조율해서 가즈네의 피아노를 더 나아지게 하고 싶다.

누구를 위한 조율인가. 나는 누구를 기쁘게 하고 싶은가. 가즈네였다. 가즈네의 피아노가 좋으니까 가즈네의 피아노를 가장 살릴 수 있는 소리를 만들려고 했다. 내 머릿속에는 의뢰인인 야나기 씨도, 들어주는 하객도 없었다. 오로지 가즈네의 피아노만 생각했다.

잘못이었다. 진정으로 가즈네의 피아노를 위한다면, 연주하는 가즈네만 생각해서는 부족하다. 관객도 생각해야 한다. 방 넓이와 천장 높이도 고려해야 한다. 앞자리와 뒷자리, 중앙 자리, 문 근처, 어디로 사람이 얼마나 들어올지, 소리가 어떻게 들릴지 추리해 모두에게 도달할 수 있게 해야 한다.

지금까지 가정용 피아노만 조율해왔다. 가즈네의 피아노를 조율하고 싶다면 그것만으로는 부족하다. 드디어 깨달았다. 콘서트 튜너를 목표로 하지 않겠다고 생각한 것은 착각이었다.

"댐퍼가 일제히 내려가는지 확인하는 게 좋겠어요."

이타도리 씨가 차분하면서도 또렷하게 말했다. 페달을 밟으면 댐퍼가 일제히 올라오도록 조정했지만 내려갈 때는 고려하지 않았다.

"가즈네 씨가 연주하는 피아노의 아름다움을 도와줘야지요."

"네."

가게 피아노를 연주했을 때 들려주었던 그 아름다웠던 화음의 조화. 혹시 페달링으로 조정하지 않을까 했던 내 추측이 틀리지 않았다.

부들부들 떨렸다. 설레면 몸이 떨린다는 말은 사실이었나 보다. 감도를 충분히 높여서 페달을 조정했다. 이보다 더 잘 들으면 제어가 되지 않을지도 모른다. 그런데도 정밀도를 더 높이라고 하다니.

"가즈네 씨를 더 믿어도 좋습니다."

"네."

가즈네를 믿음과 동시에 나를 신뢰하고 있다는 말로 들렸다.

"피아니스트를 육성하는 것도 우리 조율사의 일입니다."

이따가 연주를 잠깐 쉬는 사이에 피아노 페달을 조정해야겠다. 연주하는 도중에 하는 재조율은 부끄러운 일이라고 배웠지만 나는 부끄러워도 좋다. 피아노와 가즈네를 최대한 아름답게 울리고 싶었다.

"어쩌면."

아키노 씨가 혼잣말을 했다.

"도무라 같은 사람이 도달할지도 모르지."

도무라 같은 사람? 어떤 사람이지? 도달하다니, 어디에?

"그럴 수도 있겠어."

사장도 동의했다.

"도무라 군 같은 사람이 왜 조율사가 됐는지 궁금했어. 이타도리 군이 왜 그렇게 추천했는지도."

이타도리 씨가 나를 추천해주었다니. 선착순으로 채용을 결정했다고 들었는데.

"저어, 저 같은 사람이 어떤 사람인가요?"

"음. 뭐랄까, 성실하게 자란 것 같은 솔직한 사람."

얼마 전에도 기타가와 씨한테도 비슷한 말을 들었다. 물론 칭찬은 아니었다. 무미건조한 사람, 재미없는 사람이라고 여겨지는 기분이었다.

"그래도 지금은 생각해. 도무라 군 같은 사람이 끈기 있게 한 걸음 한 걸음, 양과 강철의 숲을 계속 걸어가는 사람일지도 모른다고."

"정말 그렇습니다."

이타도리 씨가 진지하게 고개를 끄덕였다.

"도무라 군은 산에서 자랐고 숲이 키워준 사람이니까요."

"맛있어라."

갑자기 기타가와 씨가 목소리를 높이더니 "어머, 미안해요" 하고 고개를 숙였다.

"이 수프 말씀이시죠? 진짜 맛있어요."

유니가 기타가와 씨의 말을 받았다. 덕분에 이타도리 씨가 모처럼 해주신 말씀을 되새길 여운이 사라졌다. 산에서 자랐고 숲이 키워주었다. 그럴까? 그렇다면 진심으로 기쁘다. 내 안에도 분명 숲이 자라고 있다.

어쩌면 이 길이 틀리지 않았는지도 모른다. 시간이 걸려도, 빙돌아가도, 이 길을 가면 된다. 아무것도 없다고 생각한 숲에, 아무것도 아니라고 생각했던 풍경 속에, 모든 것이 있었다. 숨겨져 있지도 않고, 그저 발견하지 못했을 뿐이다.

안심해도 좋았다. 내게는 아무것도 없더라도, 아름다움과 음악은 원래 이 세계에 녹아 있다.

"아아, 그러고 보니."

기타가와 씨가 입가를 하얀 냅킨으로 닦았다.

"도무라네 고향에서 양을 많이 키운다고 했잖아. 그래서 생각났는데, '착할 선善'이라는 한자는 '양羊'에서 온 거래요."

"호오."

"'아름다울 미美'라는 한자도 '양羊'에서 따온 거라고 얼마 전에 책에서 읽었어요."

기타가와 씨는 잠시 책의 내용을 생각하다가 떠올랐는지 다시 설명했다.

"고대 중국에서는 양이 사물의 기준이었대요. 신에게 바치는 제물이었다나. 선하고 아름답다고요. 그건 우리 사무소 사람 모두가 항상 진지하게 추구하는 가치잖아요. 선함도 아름다움도 원래 양이었다고 생각하면, 아아. 우리가 찾고 있던 것은 처음부터 피아노 안에 있었어요."

과연, 그렇구나. 처음부터 그 까맣고 윤기 흐르는 커다란 악기 속에.

시선을 돌리자 마침 가즈네가 새로운 곡을 연주하기 시작했다. 아름답고, 선한 축복의 노래를.

이 이야기를 집필할 수 있게 흔쾌히 이야기를 들려주신 조율사 여러분께 진심으로 감사합니다. 특히 젊은 열정과 명석한 이야기를 통해 조율로 향하는 문을 열어주신 아베 미야코 씨. 뛰어난 기술과 식견, 저명한 피아니스트와의 수많은 에피소드로 조율의 풍부한 세계를 보여주신 가리노 마코토 씨. 그리고 제 피아노를 45년에 걸쳐 계속 지켜주신 우에다 기쿠오 씨께 이 자리를 빌려 감사 인사를 드립니다. 작곡가 가사마쓰 야스히로 씨께서는 음악을 향한 풍부한 애정과 깊은 통찰력을 아낌없이 나눠주셨습니다. 정말 감사합니다.

미야시타 나츠

피아노의 선율이 잔잔하게 들려오는 것 같은
행복한 이야기

양과 강철, 그리고 숲.

이 책《양과 강철의 숲》을 처음 접했을 때, 사전 지식 없이 제목만 듣고 연관성 없어 보이는 저 단어들에 의아했다. 양과 숲은 알겠는데 '강철'이라는 느낌이 전혀 다른 단어가 추가되니 무슨 이야기일지 상상이 되지 않았다. 연금술사가 나오는 제목이 비슷한 인기 만화가 떠올라서 판타지 소설이지 않을까 막연하게 짐작하고 첫 페이지를 펼친 순간, 나는 다른 의미의 판타지 세계에 푹 빠져들었다. 여운에 빠졌다가도 다른 책을 만나면 훌훌 터는 편인데 한참을 헤어 나오지 못했다. 양과 강철을 품은 피아노와 그 피아노로 음악을 자아내는 연주자, 그리고 그 피아노와 연주자를 지키고 이끌어주는 조율사가 만들어 내는 세계에서.

주인공 도무라는 고등학교 체육관에서 조율사인 이타도리가 만들어내는 피아노 소리를 듣고 조율이라는 운명과 만났고, 비명을 지르고 싶을 만큼 감정이 동요했다. 산간벽지에 태어나 그때까지 많은 것을 포기하며 살아온 도무라는 생전 처음 느낀 순수한 갈망을 무시하지 않고 고향을 떠나 조율사 학교에 입학했다. 이후, 재능이 부족하다고 자신을 탓하고 고뇌하면서도 차근차근 조율사의 길을 걸어간다. 그리고 가즈네의 피아노와 만나 또 한 번 운명을 느끼고 더 큰 꿈을 꾸기에 이르렀다. 선하고 아름다운 가치를 추구하며 양과 강철로 이루어진 피아노의 숲을 더듬더듬 헤매며 나갈 도무라의 미래는 얼마나 영롱한 음악으로 채워질까?

피아노는 주변에서 비교적 흔히 보는 악기일 것이다. 직접 쳐본 적은 없더라도 유치원이나 학교에서 봤을 테니까. 어려서 피아노를 한 7년 정도 배웠고 집에 연습용 피아노도 한 대 있었다.

업라이트 피아노로, 브랜드까지 기억하지는 못하지만 까맣고 반짝반짝 윤기가 흘러서 참 예뻤다. 1년에 한 번꼴로 피아노를 조율하러 조율사가 집에 찾아왔다. 뭔지 모를 전문적인 도구를 들고 소리를 정돈하고 모으려던 뒷모습이 어렴풋하게 기억난다. 중학교에 입학하면서 피아노 학원을 그만뒀고 지금은 악보도 볼 줄 모른다. 음악에 재능도 없거니와 피아노를 특별히 좋아한 것도 아니어서 학원을 땡땡이 치기도 했으니 당연하다. 그러고 보면 그때 그 조율사는 연습을 자주 하지 않아 소리가 전혀 흐트러지지 않은 피아노를 조율했을 것이다. 지금 생각하니 조금 부끄럽다. 아무튼, 당시 다닌 피아노 학원에 그랜드 피아노가 있었다. 선생님의 연주를 두 번 정도 들었는데, 교습용으로 쓰던 업라이트 피아노와는 소리 울림이 전혀 달랐다. 체육관에서 뚜껑이 열린 그랜드 피아노를 보고 날개를 떠올린 도무라처럼 어린 내 눈에도 그 피아노는 날개를 활짝 펼친 새처럼 보였다. 책을 읽으면서 그때의 기억이 떠올라 왠지 흐뭇해졌다. 삼십 대 한중간인 지금, 피아노와는 멀찌감치 떨어진 인생을 살고 있지만 취미로 배우고 싶다는 생각이 문득 들었다. 잘 치진 못해도 좋아하는 노래 한 곡쯤 연주하고 싶은 소소한 욕망에 동네 피아노 학원 앞을 기웃거리며 밖에 붙은 '성인 취미반'이라는 글자를 훔쳐보았다. 어쩌면 이 책의 독자 중에도 이런 감상을 느끼는 분이 있지 않을까?

"차근차근 수비하고 차근차근 히트 앤드 런입니다."

저 대사가 유독 기억에 남는다. 햇병아리 조율사가 되어 제자리걸음만 하는 것 같아 조바심을 느끼는 도무라에게 이타도리 씨가 해준 충고이다. 성급하게 생각하지 말고 초조해하지 말고, 홈

런을 노리면 안 되고 오로지 차근차근, 차근차근. 헛되다고 생각하지 않고 꾸준히 노력할 수 있는 능력, 이 역시 눈부신 재능이 아닐까? 조율만이 아니라 다른 모든 일에도 이 '차근차근'을 적용할 수 있을 것이다. 나도 도무라의 그런 자세를 본받아 내가 만난 번역이라는 숲에서 차근차근 수비하고 차근차근 히트 앤드 런을 하며 꾸준하게 나아가고 싶다.

저자 미야시타 나츠는 국내에 책이 출간되긴 했어도 널리 알려진 작가는 아니다. 내게도 생소한 작가였지만, 머릿속에 선율이 흐르는 것처럼 아름답고 따뜻한 이야기여서 이 책을 읽는 내내 참 행복했다. 그런데 설마 2016년 일본 서점대상 1위에 오를 줄이야! 서점대상은 일본 각지의 서점에서 일하는 직원들이 투표해서 후보와 수상 작품을 결정하는 독특한 취지의 문학상이다.

2004년부터 시작해 지금까지 이어지고 있는데, 역대 서점대상 수상작과 후보작을 살펴보면 "아아, 그 책! 나도 알아! 전에 읽어 봤어!"라는 말이 바로 나올 정도로 유명한 작품들이다. 발표 소식을 인터넷에서 보고 내가 상이라도 받은 것처럼 기뻤다. 물론 수상작인 데다 조율이라는 생소하고도 전문적인 분야를 번역하게 되어 얼마나 부담이었는지 모른다. 조율 관련 서적과 인터넷, 든든한 편집자님의 도움을 받아 부족한 실력이나마 번역을 마칠 수 있었다. 부디 이 아름다운 이야기가 전해지는 데 조금이나마 이바지했기를 바란다. 그리고 미야시타 나츠가 앞으로 어떤 이야기를 또 보여줄지, 독자의 마음으로 기대한다.

이소담

양과 강철의 숲 羊と鋼の森

초판 1쇄 발행 2016년 12월 10일 **초판 20쇄 발행** 2024년 6월 19일

지은이 미야시타 나츠
옮긴이 이소담
펴낸이 최순영

출판1 본부장 한수미
라이프 팀

펴낸곳 ㈜위즈덤하우스 **출판등록** 2000년 5월 23일 제13-1071호
주소 서울특별시 마포구 양화로 19 합정오피스빌딩 17층
전화 02) 2179-5600 **홈페이지** www.wisdomhouse.co.kr

ISBN 978-89-5913-081-8 03830